Jerzy Ficowski
Schwester der Vögel

ELEFANTEN PRESS Kinderbücher
herausgegeben von Gabriele Dietz

© Jerzy Ficowski
© ELEFANTEN PRESS GmbH 1996
für diese Ausgabe

Alle Nachdrucke sowie die Verwertung in Film, Funk
und Fernsehen und auf jeder Art von Bild-, Wort- und Tonträgern
sind honorar- und genehmigungspflichtig.
Alle Rechte vorbehalten.

Umschlag: Sabine Wilharm
Gestaltung: Barbara Globig
Satz und Lithografie: Agentur Marina Siegemund
Druck und Bindung: Offizin Andersen Nexö, Leipzig

Printed in Germany
ISBN 3-88520-578-5

ELEFANTEN PRESS
Am Treptower Park 28–30
12435 Berlin

Jerzy Ficowski

Die Schwester der Vögel
Märchen der polnischen Roma

Aufgezeichnet und erzählt von
Jerzy Ficowski

Aus dem Polnischen von
Karin Wolff

ELEFANTEN PRESS

Wenn bei uns das Elend einfällt,
unser braunes Pferd verkauf ich,
geb es billig ab und wohlfeil.
Werde eine große Dame!

Bin ich dann die große Dame,
zäun, den Wald ich mit Staketen
und an aller Welten Enden
gehe ich bequem spazieren.

Und als eine große Dame
mach ein Zelt ich mir aus Sammet,
in das Zelt stell ich ein Schränkchen.
Werde wohnen wie in Warschau!

Wenn ich endlich dann genug hab,
kauf ich in der Stadt ein Pferdchen
und verschenke Schrank und Sammet.
Fahre weg mit den Zigeunern!

(Jerzy Ficowski)

Ein Märchen vor den Märchen

Die Zigeuner nannten sie Schwester der Vögel. Sie diktierte den Vögeln ihren Gesang. Wollte sie, daß nur Turteltauben im Wald sangen, sangen nur Turteltauben. Wenn sie nur den Kuckuck hören wollte, war nur der Kuckuck zu hören. Es genügte, daß sie ein gelbes Tuch um die Schultern legte – und schon war der Wald erfüllt vom Getriller der gelben Pfingstvögel. Legte sie ein rosa Tuch um, schlugen die Finken auf allen Bäumen; wenn sie aber einen rotbraunen Rock anzog, flogen tschilpende Rotkehlchen von allen Seiten herbei. Sie besaß auch ein ganz dunkel gestreiftes Gewand. Das trug sie zum Wahrsagen; denn wenn sie in diesem Gewand durch den Wald ging, verstummten die Kuckucks nicht, sagten ihr vielmehr mit ihrem »Kuckuckuckuck« vor, was sie den Leuten sagen und welche Zukunft sie ihnen prophezeien sollte.

Die Schwester der Vögel hatte einen alten Großvater, der lange schon sein Augenlicht verloren hatte und völlig blind war. Er stützte sich auf einen weißen Stab, der aus einem Birkenast geschnitzt war, und redete mit Vorliebe über Farben.

Eines Tages hörte der Großvater den Gesang Hunderter von Finken und Pfingstvögeln.

»Oho!« sagte er. »Die Schwester der Vögel hat sich heute schöngemacht: Da kommt sie in ihrem gelben Tuch und in ihrer rosa Schürze!«

Der Großvater hatte sich nicht geirrt – genauso war es. Heute ging die Schwester der Vögel nicht zum Wahrsagen ins Dorf, darum hatte sie ihr kuckucksgestreiftes Gewand ins Köfferchen gesteckt und sich farbenfroh gekleidet. Obwohl keiner außer den Vögeln sie sah, hatte sie sich so farbig angetan, um für den Großvater die allerschönste Vogelmusik aufzuführen. Da eben trat ich auf den Plan, hörte das Gezwitscher und sah die Schwester der Vögel und ihren Großvater, der am Zelteingang saß.

»Wohin gehst du?« fragte mich die Schwester der Vögel.

»Immer der Nase nach«, antwortete ich. »Ich hab' gehört, daß man, wenn man der Nase nachgeht, immer irgendwo hinkommt. Und richtig: Ich bin zu dieser Lichtung gekommen und habe euch getroffen, obgleich ich nicht gewußt habe, daß ihr hier seid. Wär' ich nicht von zu Hause fortgegangen, hätt' ich bestimmt niemand getroffen.«

»Du sprichst wahr«, entgegnete die Schwester der Vögel. »Aber sag mir, was du suchst.«

»Märchen«, erwiderte ich. »Doch irgendwie hab' ich noch kein einziges gefunden. Ich hab' ein paar Beeren gesammelt, ein paar Pilze, doch auf ein Märchen bin ich bisher nicht gestoßen.«

»Bleib bei uns«, sagte die Schwester der Vögel. »Wenn wir weiterziehen von Wald zu Wald, fahr du mit mir und meinem Großvater. Bestimmt begegnen wir unterwegs so manchem Zigeunermärchen; denn um diese Zeit wimmelt es in diesen Wäldern nur so von Märchen.«
»Gut«, sagte ich. »Ich bleibe bei euch.«
Und ich blieb.
Die Nacht brach herein, und die Schwester der Vögel ging zusammen mit ihrem Großvater ins Zelt, um sich schlafen zu legen. Die Nacht war warm, also legte ich mich unterm freien Himmel ins Gras und schaute hinauf zu den Sternen. Plötzlich gewahrte ich, daß mir die Sterne einer nach dem anderen aus den Augen verschwanden und sich der Himmel, der zuvor goldgesprenkelt gewesen war, völlig verdunkelte. Ich kletterte auf eine riesige Pappel, um mir die Sterne aus der Nähe anzusehen und auszumachen, warum sie verschwanden und verlöschten. Ich hatte fast den Wipfel des Baumes erreicht, als ich den großen Vogel Tscharana erblickte, der, wie die Hühner die Hirse aufpicken, die Sterne aus dem Himmel pickte. Der Vogel saß auf einem hohen Baum, er sang nicht, sondern knarrte wie ein gebrochener Ast.
»Warum frißt du die Sterne auf und krächzt, wie dir der Schnabel gewachsen ist?« rief ich. »Erlaubt dir das die Schwester der Vögel?«
»Ich hab' sie gar nicht erst gefragt«, sagte der Vogel Tscharana. »Jetzt ist Nacht, und nachts schlafen die Farben, und die Schwester der Vögel hat über keinen Macht. Wir, die Tscharana-Vögel, nähren uns seit Anbeginn der Welt von Sternen und von der Milch, mit der uns die Frauen füttern. Stör mich nicht!«

Nachdem er diese Worte gesagt hatte, pickte der Vogel Tscharana die restlichen Sterne vom Himmel, und es wurde ganz dunkel. Angst überkam mich, und ich beschloß, ein Feuer zu entfachen, um in seinem Schein die Nacht zu durchwachen. Ich hatte jedoch keine Streichhölzer. Also machte ich mich auf und lief drauflos, bis ich auf einen großen, glatten Feuerstein traf, der auf der Lichtung halb aus dem Boden ragte. Mit einem Stückchen Eisen schlug ich auf ihn ein. Auf einmal hörte ich den Feuerstein jammern:

»Laß mich! Siehst du denn nicht, daß in mir keine goldenen, sondern nur blutrote Funken schlummern?«

Tatsächlich, das Eisen schlug rote Funken aus dem Feuerstein. Und der Stein redete weiter:

»Ich war die böse Urma und habe Menschen in Steine verwandelt. Dafür wurde ich bestraft: Bakrengo hat mich in einen Feuerstein verwandelt. Laß mich. Sammle dir lieber ein paar von den kleinen Flintsteinen auf, die da auf dem Boden vor mir liegen. Das sind gewöhnliche Feuersteinchen, in denen gewöhnliche goldene Funken wohnen.«

Die zu Stein gewordene Urma sagte die Wahrheit. Ich fand ein paar kleine Feuersteine, und schon bald darauf brannte ein helles Feuer auf der Lichtung, in das ich immerzu Reisig und trockene Zapfen warf. Bis zum Morgen war es noch weit, als sich herausstellte, daß ich kein einziges Stöckchen, keinen einzigen Zapfen mehr hatte, um das Feuer zu nähren.

»Was nun?« sprach ich zu mir selbst: »Gleich wird's wieder dunkel sein, und wenn du dir noch so die Augen ausguckst.«

Kaum hatte ich das ausgesprochen, als sich unvermutet an der Stelle, wo gestern das Feuer gebrannt hatte, die Erde bewegte, als hübe sie ein Maulwurf mit seinem Rücken auf, und unter der Erde schaute das Ungeheuer Pchuwusch hervor. Bisher kannte ich es nicht persönlich, bloß vom Hörensagen, und es kam mir schrecklicher vor, als ich geglaubt hatte. Es näherte sich der Feuerstelle und wandte sich an mich mit den folgenden Worten:

»Ich weiß, was dich bedrückt. Du hast Angst, daß das Feuer verlischt und du wieder ohne Licht bist in der sternlosen Nacht. Höre also meinen Rat: Nimm den weißen Birkenstab des blinden Großvaters und schlage mit diesem Stab siebenmal auf die Feuerstelle ein.«

Nachdem er das gesagt hatte, verschwand Pchuwusch unter der Erde, und ich tat, wie er mir geraten hatte.

Als ich auf die Feuerstelle einschlug, stoben Funken auf, flogen hoch zum Himmel, um sich dort in Sterne zu verwandeln. Nach dem siebten Schlag war der Himmel mit Sternen übersät, der weiße Stock des Großvaters aber war ganz schwarz geworden, von der weißen Rinde keine Spur mehr.

Bald war das Feuer ganz erloschen, doch die Nacht war wieder hell; am Himmel leuchtete ein Sternenmeer.

Am Morgen dann nahm der Großvater seinen Stab zur Hand und – war vor Staunen sprachlos: Die Trübung war von seinen Augen verschwunden, wie die Rinde von seinem Birkenstock verschwunden war – sie sahen wieder alle Farben der Welt. Und schwarz waren sie wie der im Feuer verkohlte Stock. Der Alte hüpfte und freute sich, und die Schwester der Vögel kleidete sich vor Freu-

de in alle Farben. Und sogleich erfüllte ein Zwitschern und Tirilieren von Finken, Pfingstvögeln, Meisen, Rotkehlchen, Turteltauben, Kuckucks, Kleibern, Blaurakken, Fliegenschnäppern und einer Menge anderer Vögel den Wald.

Wir rollten das Zelt ein und machten uns in Richtung Krościenko auf den Weg. In Krościenko kaufte die Schwester der Vögel ein Stückchen blaugrüner Seide; denn sie wollte bei der nächsten Waldrast ein Eisvogelkonzert veranstalten. Ich aber erzählte dem Großvater von dem Vogel Tscharana, den ich in der Nacht gesehen hatte.

»Der Vogel Tscharana lebt nicht mehr«, sagte der Großvater. »Er ist diese Nacht gestorben.«

»Woher weißt du das?« fragte ich.

»Die Vögel haben mir die Kunde gebracht«, sagte der Großvater. »Übrigens wußte ich von den Kuckucks schon längst, daß der Tscharana nicht lange lebt.«

Und es erzählte mir der Großvater die ganze lange Geschichte des Vogels Tscharana. Ich habe sie mit Holzkohle auf Birkenrinde niedergeschrieben.

So nahm die Niederschrift von Zigeunergeschichten, aus denen später dieses Buch geworden ist, ihren Anfang. Alle Geschichten stammen vom Großvater und von der Schwester der Vögel. Einige haben ihnen die Vögel gesungen, andere hat das Waldesrauschen erzählt. Es kam auch vor, daß der Großvater eine Geschichte anfing und darüber einschlummerte. Dann erzählten sie Wald und Vögel zu Ende. Ich habe alles auf den weißen Bögen der Birkenrinde festgehalten, und das Festgehaltene habe ich in der großen Höhle einer alten Eiche versteckt.

Sommer und Herbst gingen dahin. Eines Tages wachte ich früh auf und sah aus dem Zelt: Die ganze Welt lag da mit Schnee bedeckt, der heimlich in der Nacht gefallen war. Das bekümmerte mich sehr. Ich dachte nämlich, daß mit Sommer und Herbst die Zigeunerwälder bis zum Frühling verstummen, daß sie in einen Winterschlaf fallen. Schon wollte ich mich von den Zigeunern verabschieden und in meine Stadt zurückkehren, als die Schwester der Vögel sprach:

»Du sorgst dich, daß die Märchen verstummen, doch irrst du dich. Gleich rufe ich Raben, Dohlen und Krähen herbei; sie werden dir Geschichten erzählen, wie du sie dir schöner nicht erträumen kannst.«

Mit diesen Worten löste die Schwester der Vögel ihre langen schwarzen Haare und hüllte sich darin wie in einen langen schwarzen Mantel ein. Und gleich darauf flogen, aus Leibeskräften krächzend, von allen Seiten Krähen, Dohlen und Raben herbei. Sie ließen sich auf dem Schnee nieder und trippelten dann querfeldein über die ganze Lichtung, um im Unterholz zu verschwinden.

»Sie sind fortgelaufen!« rief ich. »Ohne ein Wort zu sagen, sind sie fortgelaufen.«

»Keine Sorge! Sie haben dir schon alles erzählt, was sie erzählen sollten, du bist es nur nicht gewahr geworden«, sagte der Großvater. »Siehst du die Spuren von vieltausend Vogelfüßchen im Schnee? Wer diese Zeichen deutet, der erfährt die allerschönsten Märchen. Ich kenne diese in den Schnee geschriebenen Vogelbuchstaben. Wenn du willst, les' ich dir vor, was die Raben, Krähen, Dohlen geschrieben haben. Ein Märchen erzählt von einer weißen Hindin, ein anderes von neun Raben.«

Das Märchen von der weißen Hindin las mir der Großvater, und ich schrieb es auf einem neuen Stück Birkenrinde nieder. Danach erlernte ich rasch die Vogelbuchstaben und las allein, ohne fremde Hilfe, das zweite Märchen – das von den Raben. Natürlich las ich nicht so flüssig wie der Großvater, sondern buchstabierte von Wacholderstrauch zu Wacholderstrauch. Später schrieb ich alles auf die Rinde und steckte sie ins Eichenloch. Übrigens siedelte ich an den frostigsten Tagen vom Zelt in die Baumhöhle über, wo es stiller und behaglicher war.

Eines Morgens hörte ich Rufen. Eilig sprang ich aus meinem Versteck und lief zum Zelt. Dort sah ich den Großvater, der sich zum Zeichen der Trauer seinen weißen Bart mit Holzkohle schwärzte. Als er mich erblickte, rief er betrübt:

»Heute nacht ist die Schwester der Vögel verschwunden! Und das ausgerechnet jetzt, wo jeden Tag der Frühling beginnt und all die bunten Vögel zurückkehren! Man sieht noch ihre Fußspuren im Schnee!«

»Fahren wir ihren Spuren nach!« sagte ich.

Ich spannte das Pferd an, rollte das Zelt ein, und auf ging's.

Wir fuhren drei Tage und drei Nächte. Als am Morgen des vierten Tages die Sonne aufging, begegneten wir dem Frühlingswind, der den Schnee schmelzen ließ, und den Spuren der Vogelschwester im Schnee. Wonach sollten wir uns jetzt richten, wohin unsern Wagen lenken? Der Großvater versank in tiefe Trauer, obwohl ihn der Frühling sonst immer froh gestimmt hatte, selbst damals, als er noch blind gewesen war.

Die Sonne schien immer freundlicher. Ich holte Großvaters rotes Federbett aus dem Zelt und hängte es über einen Ulmenast, damit es in der lauen Luft durchlüftete und seine Federn, die den ganzen Winter über zusammengekauert und durchfroren gewesen waren, aufatmeten.

Kaum hatte ich das getan, als von allen Seiten des Waldes die roten Gimpel herbeiflogen und mir etwas zuzuzwitschern begannen, doch ich verstand ihre Sprache nicht. Da schrieben mir die Gimpel mit ihren Füßchen in das Restchen Schnee, das unter einem weitverzweigten Machandelbaum noch übriggeblieben war:

Wir fliegen herbei angesichts des roten Federbetts, weil wir selber rot sind. Du hast uns im letzten Augenblick gerufen. Wir wohnen den ganzen Winter über hier, doch jetzt, da der Frühling beginnt, fliegen wir von hier fort. Was willst du von uns?

»Ich möchte, daß ihr mir sagt, wo die Schwester der Vögel ist und was mit ihr geschah.«

Da schrieben die Gimpel die folgenden Worte in den Schnee:

Die Schwester der Vögel ist mitten in der Nacht aufgewacht, weil sie dicht beim Zelt ein Getschilpe hörte. Sie trat ins Freie, und da gewahrte sie ein weißes Wiesel, das einen zappelnden, tschilpenden Sperling in den Zähnen hielt. Als sie den Vogel befreien wollte, schlug sich das Wiesel in die Flucht.

Die Schwester der Vögel ihm nach. Die Verfolgung

dauerte vier Tage. Am fünften Tag verwandelte sich das Wiesel in eine Hexe – die böse Urma ergriff die Schwester der Vögel und setzte sie in ihrem Schloß gefangen ... Gleich fliegen wir fort von hier, und unsere Reise führt uns in die Richtung von Urmas Schloß. Fahrt uns nach...

Das war eine Fahrt!

Das Pferd galoppierte aus voller Kraft, ich trieb es pausenlos an, um die Gimpel nicht aus den Augen zu verlieren, die über dem Wald dahinflogen und uns die Richtung wiesen.

Als wir dicht beim Schloß der bösen Urma angekommen waren, flogen die Gimpel davon.

Das Schloß war rings von einer hohen Mauer und einem breiten Wasser umgeben. Ich griff nach dem Köfferchen und holte die rosa Schürze der Vogelschwester heraus. Gleich darauf kamen Tausende von Finken angeflogen, und ein jeder von ihnen überließ mir ein rosa Federchen. Darauf zog ich das gelbe Umschlagtuch hervor – und tausend Pfingstvögel flogen herbei, und jeder schenkte mir eine gelbe Feder.

Alsdann entnahm ich dem Köfferchen eine graubraune Leinwand – und es kamen tausend Lerchen und zehntausend Spatzen, und alle gaben mir eine Feder. Schließlich nahm ich ein weißes Laken aus dem Köfferchen, und in demselben Augenblick flatterte schnatternd eine Wildgans heran, und sie brachte all diese Federn der Vogelschwester, die im Schloßturm gefangensaß.

In zwei Tagen und zwei Nächten nähte sich die

Vogelschwester Flügel, und am dritten Tag entflog sie durchs Turmfensterchen, geradewegs zu uns.

In allen Wäldern schwatzten und zwitscherten die Vögel die Geschichte aus. Bald begannen von überallher Zigeunerwagen einzutreffen, um die Errettung der Schwester der Vögel mit einem großen Fest zu feiern. Viele Feuer wurden angezündet, und alte Zigeuner erzählten Märchen.

Ich habe sie alle, eins nach dem andern, aufgeschrieben: sowohl das Märchen von der roten Schlange und das von Andrusch, der keine Bohnen mochte, als auch das Märchen von den in Pferde verwandelten Brüdern wie das vom alleswissenden Spiegelchen...

Dabei fiel mir wieder ein, daß ich viele Märchen weit von hier, in der Höhle einer großen Eiche, zurückgelassen hatte. Das bekümmerte mich sehr. Doch die Schwester der Vögel löste ihr langes schwarzes Haar und hüllte sich darin ein wie in einen langen schwarzen Mantel. Es flogen die Dohlen herbei, denen sie befahl, aus der Baumhöhle meine Märchen zu holen. Sie flogen und brachten sie. Einige Stückchen Rinde waren bereits von Borkenkäfern angefressen. Bei einem Märchen war der Schluß weggefressen, bei einem anderen der Anfang, bei noch einem anderen genau die Mitte. Also mußte ich aus der Erinnerung die weggefressenen Teile nacherzählen, und da, wo ich mich nicht erinnerte, fügte ich die fehlenden Teile aus der Nichterinnerung hinzu.

So sammelte ich viele, viele Zigeunermärchen in den Sack. Ich nahm die Schwester der Vögel zur Frau, und als uns Töchterchen geboren wurden – Igelchen, Magduschka und Anulajka –, beschloß ich, alle Märchen ins

reine zu schreiben und sie in diesem Buch abzudrucken
– für meine drei Mädchen und für alle anderen Kinder,
die Zigeunermärchen lieben.

Seht auf die nächste Seite:
  Hier beginnen eben diese Märchen.

Vom Wundervogel

Es war einmal ein junger Zigeuner, der hatte die Vögel besonders gern. Er fertigte hübsche Häuschen für sie, damit sie zum Winter eine gemütliche warme Behausung hatten. Viele dieser Häuschen hängte er am Waldrand auf, den Rest aber packte er sich auf, um ihn in der Stadt den großen Herren zu verkaufen. Doch keiner wollte seine Vogelhäuschen haben. Die Diener eines gewissen Herrn sagten dem Zigeuner:
»Keiner braucht deine Häuschen. Du kannst mit ihnen den Ofen heizen. Wenn du Käfige machen würdest, das wäre was anderes... Sowohl unser Herr als auch andere Herren würden Käfige gern von dir kaufen.«
Hungrig und ohne einen Groschen kehrte der Zigeuner in den Wald zurück.
»Sie befehlen mir, Käfige zu bauen«, erzählte er den Vögeln. »Aber ich will keine Gefängnisse für euch machen. Was soll ich bloß tun, wo keiner meine Häuschen kaufen will?«
»Mach Käfige«, sagte eine Meise. »Käfige, aus denen man leicht in die Freiheit gelangt. An den Seiten eines

jeden Käfigs bring solche Stäbe an, die sich ganz leicht mit dem Schnabel wegschieben lassen. Wenn du zehn Käfige beisammen hast, geh in die Stadt und verkaufe sie.«

Gleich im ersten Haus, an dessen Tür der Zigeuner klopfte, nahmen ihm die Damen und Herren alle Käfige ab. Froh kaufte der Zigeuner für das Geld, das man ihm bezahlt hatte, etwas zum Essen für sich und die Waldvögel und baute zehn neue Käfige, solche wie die zehn zuvor.

Als er mit ihnen in die Stadt kam, verkaufte er auch nicht einen mehr, ja die Leute verjagten ihn sogar von ihren Türen.

»Warum wollt ihr meine schönen Käfige nicht?« fragte der Zigeuner den Diener eines großen Herrn.

»Weil deine Käfige jeden Vogel herauslassen – vom winzigen Zaunkönig bis zur großen Taube«, entgegnete der Diener.

Was sollte der arme Zigeuner tun? Er begab sich zurück in den Wald mit seinem ganzen Packen unverkaufter Käfige. Nach zwei Meilen setzte er sich seufzend am Wegrand nieder:

»Wie schön wär's, wenn ich etwas zu essen hätte. So hungrig bin ich!«

Da nahte sich ein alter Mann mit grauem Bart. Der Zigeuner erhob sich und fing an zu betteln:

»Hochedler Herr, gebt einem Hungernden ein paar Groschen für ein Stück Brot!«

Der alte Mann verhielt seinen Schritt.

»Du bist doch jung. Du könntest dich an die Arbeit machen!« sagte er.

Da brach der Zigeuner in Tränen aus.

»Ich hab' schöne Käfige gemacht,« schluchzte er, »aber keiner hat sie haben wollen, weil das Käfige sind, aus denen jeder Vogel mühelos in die Freiheit entkommen kann. Schließlich konnte ich doch keine Vogelgefängnisse bauen, keine dicht verschlossenen Käfige!«

»Schau! In einem deiner Käfige sitzt ein Vogel, der dir alles gibt, was du begehrst«, sagte der alte Mann.

Der Zigeuner schaute hin und gewahrte in einem Käfig ein überaus hübsches Vögelchen mit rotem Köpfchen, weißen Beinchen und schwarzen Flügelchen.

Hocherfreut rief der Zigeuner aus:

»Gib mir zu essen und zu trinken, liebes Vögelchen!«

Und schon war etwas zu essen und zu trinken da: viel gebratenes Fleisch, Roggenbrot, Kuchen, Speck und Wein. Der Zigeuner war so ausgehungert, daß er sich sofort aufs Essen stürzte und sich erst, nachdem er den ersten Hunger gestillt hatte, darauf besann, daß er sich bei dem alten Mann hätte bedanken müssen. Doch der war bereits fort.

Auch der Zigeuner wäre liebend gern nach Hause gegangen, aber der lange Weg hatte ihn ermüdet und nach dem üppigen Essen eine so wohlige Schläfrigkeit ihn überkommen, daß er keine große Lust verspürte, sich erneut auf Schusters Rappen zu begeben.

»Weißt du was, mein liebes Vögelchen?« murmelte er. »Ein gutes Pferd, das wär' jetzt das richtige. Ich bin so furchtbar müde.«

Und sogleich war von nirgendwoher ein Pferd zur Stelle. Der Zigeuner saß auf und sagte dann zu dem Vogel:

»Ach, liebes Vögelchen, ich laufe so abgerissen umher, habe nichts Ordentliches anzuziehen...«

Und in demselben Augenblick waren neue Kleider da, die der Zigeuner auf der Stelle anzog. Er dachte bei sich: Ich will in die Welt hinausziehen. Was hab' ich zu Hause verloren, wozu sollte ich in meinen Wald zurückkehren? Alle Vögel haben bereits Häuschen von mir erhalten, und ich besitze jetzt alles, was ich brauche.

Und er zog in die Welt hinaus.

Auf seinem schnellen Pferd galoppierte er dahin, bis er zu einem herrlichen Palast kam, in dem der Fürst aller Fürsten wohnte. Der Zigeuner sprang vom Pferd, machte es sich unterhalb der Schloßmauer bequem und ließ den Wundervogel aus dem Käfig, damit er ein bißchen umherflog und seine Flügelchen reckte. Der Vogel aber ließ sich vernehmen:

»Was willst du, was wünscht du, sprich, und ich erfülle dir alles!«

»Ich brauche nichts«, erwiderte der Zigeuner. »Mir geht es gut, es ist warm, und ich bin satt und habe die ganze Welt zum Wandern. Mehr brauche ich nicht. Nur schlafen würd' ich gern ein wenig, doch den Schlaf brauchst du, Vögelchen, mir nicht herbeizuholen, der kommt von ganz allein.«

Und der Zigeuner streckte sich im Gras aus und schlummerte ein.

Da schlich ein fürstlicher Diener heran, der hinter einem Mauervorsprung versteckt alles angesehen und angehört hatte. Behutsam, auf Zehenspitzen, um den Zigeuner nicht zu wecken, näherte er sich dem Wundervogel und flüsterte, seine Mütze vor sich ausgestreckt:

»Gib mir zwei Hände voll Gold und eine Hand voll Brillanten.«

Kaum hatte er das ausgesprochen, als sich die Mütze auch schon mit Gold und Brillanten füllte.

Rasch lief der Diener mit seinen Schätzen davon, um sie in seinem Strohsack zu verstecken. Doch die Brillanten funkelten in so strahlendem Glanz, daß Fürst und Fürstin ihn von weitem gewahrten, den Diener trotz all seiner Vorsicht und allen Heimlichkeiten festhielten und ihm streng befahlen, seine Kostbarkeiten ihnen auszuhändigen. Dann gaben sie Befehl, den Zigeuner zu ergreifen und ihm den Wundervogel abzunehmen.

»Dieses Vögelchen kommt uns gerade recht«, sagte die Fürstin. »Wir lassen uns von ihm pures Gold zaubern und das Dach unseres Palastes neu decken. Die Dohlen haben uns fast alle goldenen Dachziegel gestohlen, und es regnet in dein Gemach, mein Gatte.«

»Ja, dieser Wundervogel kommt uns ungeheuer recht«, bestätigte der Fürst. »Er ähnelt unsrer Zigeunerin, die ich vor einem Jahr gefangengesetzt habe. Bestimmt vertraut sie ihm und weiht ihn in das Geheimnis der Zigeunerschätze ein. Die eignen wir uns an und werden noch reicher.«

Diener führten den Zigeuner vor das Angesicht des Fürsten, doch als sie ihm den Käfig zu entwinden suchten, schrumpfte der Wundervogel im Handumdrehen, wurde unansehnlich und unscheinbar, unscheinbarer noch als ein gewöhnlicher Spatz. Vergebens forderten Fürst und Fürstin die verschiedensten Schätze und Mirakel von ihm: Der Vogel gab ihnen nichts, als wenn er überhaupt kein Zaubervogel wäre.

Wütend befahl der Fürst, den Zigeuner mitsamt dem Vogel in den unterirdischen Keller zu werfen.

Als die eisenbeschlagenen Türen krachend hinter ihm zugefallen waren, sah der Zigeuner ein schönes Mädchen in einem Winkel des Verlieses kauern. Ihre Haare waren so schwarz wie die Flügelchen des Wundervogels, ihre Zähne so weiß wie seine Beinchen und ihre Lippen rot wie sein Köpfchen.

Sie erzählte dem Zigeuner ihre Geschichte. Der böse Fürst hatte sie vor einem Jahr im Wald belauscht, wie sie das Lied vom Zigeunerschatz sang. Er wollte sie zwingen, ihm zu verraten, was das für ein Schatz und wo er verborgen sei. Aber sie sagte kein Wort. Doch selbst wenn sie das Geheimnis verriete – dem Fürst würde das nichts nützen. Der Zigeunerschatz ist das Wandern, und ohne es selbst zu wissen, hatte ihr der Fürst, indem er sie der Freiheit beraubte, die größte Kostbarkeit gestohlen. Dabei können Fürsten mit dieser Kostbarkeit gar nichts anfangen!

Vom ersten Augenblick an hatte der Zigeuner das Mädchen in sein Herz geschlossen, und er stärkte es mit Speisen, die der Wundervogel herbeizauberte.

Alle Tage stieg der Fürst in den Kerker hinab und ergriff den Käfig. Doch bei jedem Mal verlor der Vogel mit seinen Farben seine Zauberkraft, so daß ihn der Fürst beim Zigeuner im Kerker lassen mußte.

Eines Nachts tat sich die eisenbeschlagene Tür auf, und herein trat ein alter Mann: derselbe, der einst dem Zigeuner den Wundervogel geschenkt hatte.

»Ich bin der Beschützer der Wandernden«, sagte der alte Mann. »Ich beschütze den Flug der Vögel und das

Umherziehen der Zigeuner, helfe Vögeln und Zigeunern. Ich war weit fort, und erst heute hab' ich von deiner Gefangenschaft erfahren. Dafür, daß du so vielen meiner gefiederten Schützlinge die Freiheit geschenkt hast, sollst auch du frei sein. Folge mir..."

Der Zigeuner aber rührte sich nicht vom Fleck, schaute nur nach dem Mädchen im Winkel und sagte endlich:

»Ich bleibe bei ihr. Sie soll hier nicht allein sein. Mein Vogel hat ihr zu essen und zu trinken gegeben; ohne ihn und ohne mich stirbt sie vor Hunger und Traurigkeit!«

»Kommt beide mit!« sagte der alte Mann.

Als sie draußen waren und sich umschauten, war der alte Mann verschwunden.

Gemeinsam begaben sich der Zigeuner und das Mädchen auf die Wanderschaft, denn sie liebten sich sehr und hätten sich für nichts auf der Welt getrennt.

Der Herbst kam, und sie ließen den Wundervogel frei, damit er, ehe es Winter wurde, in warme Länder ziehen konnte.

Vielleicht kehrt er im Frühling zu ihnen zurück? Doch selbst wenn nicht – ihnen kann nichts Schlimmes mehr widerfahren. Sie sind stets beisammen und lassen nicht ab von ihren Waldwanderungen.

Und Vögel zeigen ihnen die besten Wege und all die unwegsamen Orte, die am sichersten sind.

Eine weiße Hirschkuh

Das war wahr und wahrhaftig ein strenger Winter! Der Zigeunerstamm der Aschani hatte am Saum eines großen, dichten Urwaldes sein Winterlager aufgeschlagen. Die Zeltleinwände waren schon hart und steif wie Bretter und bedeckten sich allmählich immer mehr mit dem weißen Stroh des Schnees. Die Zigeunerinnen schmolzen in ihren Kochtöpfen Eiszapfen zu Suppe, und die erfrorenen Bäume barsten mit einem Knall, ohne die Hilfe einer Axt. Immer schwieriger wurde es, unter dem Schnee Beeren zu finden, und das Futter für die Pferde ging zu Ende; die Vorräte schwanden mit jedem Tag. Wohl fühlten sich die Kinder allein unter ihren dicken Federbetten. Die Älteren mußten ordentliche Frostportionen schlucken.

Einmal wanderten einer von ihnen ins Städtchen, dazu nahm er sich eine Handvoll Stroh und feuerglimmende Lumpen mit, die er an einem Stock befestigt hatte. Mit diesem Strohfeuer wärmte er sich die steifgefrorenen Füße und Hände. Das Stammesoberhaupt verließ sein Zelt nicht mehr, hüllte sich nur noch in die warmen Rauchwolken seiner großen Pfeife ein. Wer konnte, verkroch sich ebenfalls in seinem Zelt. Vor Kälte am ganzen Leibe zitternd und zähneklappernd, dachte er daran, daß vielleicht sogar noch frostigere Tage und Nächte kommen mochten.

Eines Abends versammelten sich die Zigeuner im Zelt ihres Oberhaupts, um zu beraten, was man unternehmen sollte; denn der Frost verstärkte sich mit jeder Stunde. Ein Zigeuner riet, hundert Feuer zu entfachen, zur Abschreckung der Wölfe und Vertreibung des Frostes. Ein anderer schlug vor, man solle tiefe Erdlöcher ausheben und in ihnen Unterschlupf suchen. Ein dritter schrie, daß das alles für die Katz sei, wenn man nicht den bösen Zauberbann des Dämons breche.

Schließlich ließ sich Rika, die schöne Tochter des Oberhaupts der Aschani, vernehmen:

»Euer Streiten ist vergeblich. Was soll uns euer Gezänk? Der Frost ist, wie er ist. Ihr habt kaum fünf Worte ausgesprochen, schon sind vom Himmel fünfhunderttausend neue Schneeflocken gefallen. Bevor ihr mit eurem Palaver zu Ende sein, können wir bereits völlig eingeschneit sein. Da kann man nichts machen. Es kommt, wie's kommen muß. Ihr solltet euch lieber darum kümmern, daß es uns und den Pferden nicht an Nahrung fehlt. Überlegt euch also, wie wir die weiße Hirschkuh erlegen können, die Nacht für Nacht hier auftaucht und unsern Pferden das letzte bißchen Heu stiehlt!«

»Gegen die gibt's kein Mittel«, entgegnete einer der Zigeuner.

»Ach, du weißt dir mit der weißen Hirschkuh keinen Rat und willst den großen weißen Winter besiegen, lächerlicher Mensch du!« rief Rika aus. »Es ist doch die weiße Hirschkuh, in der die Seele des Frostes wohnt.«

Da verstummten alle, und keiner ließ mehr ein Wort hören. Denn wie die weiße Hirschkuh töten? Das war keine leichte Sache. Es stimmte, sie stahl allnächtlich Heu. Und was mit den hungrigen Pferden anfangen, wenn das Heu aufgezehrt war? Näherten sich Menschen des Nachts der weißen Hirschkuh, entfloh sie schnell wie der Wind mitten hinein in die Wildnis und war sogleich ihren Blicken entschwunden. Pfeile und Kugeln prallten von ihrer Brust ab wie von einem Stein. Auch Netze und Fallen richteten nichts aus: Die Hirschkuh ließ sich nicht fangen. Einmal, als sie wieder in die Wildnis entfloh, folgte ihr ein Zigeuner und schleuderte ihr seine Axt nach. Doch verfehlte er sein Ziel, obschon der Mond hell schien. Die Axt blieb in einem schneebedeckten Wacholderbaum, weiß wie die Hirschkuh, stecken, sie selber verschwand spurlos. Selbst die Mutigsten und Tapfersten hatten das Jagen aufgegeben und die Hoffnung verloren, dieses offenbar unangreifbare Tier noch zu erlegen.

Es schwiegen die im Zelt ihres Oberhauptes versammelten Zigeuner. Auch das Oberhaupt rauchte schweigend seine Pfeife. Und bald darauf gingen alle auseinander, in die Nacht hinaus zu ihren Zelten.

Am anderen Morgen erschallte im Lager die frohe Kunde: »Rika hat die weiße Hirschkuh getötet. Um Mitternacht hat die Tochter unseres Stammesführers der weißen Hirschkuh den Todesstreich versetzt!«

Wohl an die hundert Male erzählten es sich die Zigeuner, bis sie sich am Abend zum Zelt ihres Führers begaben, den sie den ganzen Tag über nicht zu Gesicht bekommen hatten, um noch einmal den nächtlichen Vorfall zu bereden.

Im Zelt stand neben der Männerschar Rika, die schönste Blume des Aschanistammes, und barg in den Händen ihr trauerumwölktes Gesicht.

Mit leiser Stimme begrüßte sie die Ankömmlinge, und als einer unter ihnen nach der weißen Hirschkuh fragte, brach es aus Rika heraus:

»Ich habe sie nicht getötet! Das ist eine Lüge! Ich habe nichts getan!«

»Was redest du da, Rika?« riefen alle erstaunt.

»Ich habe die weiße Hirschkuh nicht getötet!« wiederholte Rika.

Die Zigeuner glaubten, die Tochter ihres Oberhaupts wolle sich mit ihnen einen Scherz erlauben, und sie lachten. Einer aber sagte:

»Wie das? Schließlich haben wir sie gesehen! Sie liegt tot auf der Waldlichtung. Man braucht nur nah genug heranzugehen, um zu sehen, daß sie sich mit ihrem schneeigen Fell in nichts von dem Schneefeld ringsum unterscheidet. Ich hab' auch gesehen, wie du sie getötet hast, Rika. Ich wollte dir sogar zu Hilfe kommen, doch die Angst hat mir die Beine gelähmt. Sag uns die Wahrheit, ganz ohne Spaß: Wie hast du sie getötet?«

»Gut,« stimmte Rika zu, »ich will euch alles erzählen. Ich bin nachts aus dem Zelt gegangen und hab' die weiße Hirschkuh das Heu aus unseren Vorräten fressen sehen. Da hab' ich mir einen großen, spitzen Eiszapfen gegriffen und nach der Hirschkuh geworfen. Doch bevor sie der Zapfen erreichte, zerschmolz dieser zu Wasser, und die Hirschkuh rannte herbei und stieß mich mit voller Kraft zu Boden. Ich stürzte auf das harte Eis und kam zu Tode. Doch noch bevor ich ganz tot war, sah ich, wie sich die Hirschkuh über mich beugte und niederkniete. Ihr fragt, was sie getan hat? Sie hat mich geküßt und mir ihre Seele eingehaucht und ist dann leblos zu Boden gesunken. Ich lebte wieder auf, doch wohnt in mir jetzt die Hirschkuhseele.«

Nach diesen furchtbaren Worten sprang Rika aus dem Zelt, warf sich ins Walddickicht und entschwand so dem Blick der Zigeuner. Furcht überfiel alle. Die Zigeuner versuchten, ihr Oberhaupt zu trösten; der Mann hatte so angefangen zu weinen, daß ihm die Tränen die Pfeife löschten.

Alle waren zutiefst betrübt, am verzweifelsten jedoch war der junge Dimo, Rikas Bräutigam. Er schlich zu seinem Zelt zurück und klagte seiner alten Mutter sein Leid. Die Mutter hörte aufmerksam zu und sagte dann:

»Eine schlimme Geschichte. Rika wird Nacht für Nacht hierherkommen und unser Heu aufzehren. Du mußt ihr in der Nacht des Sterns Caraja auflauern, sie ergreifen und mit Schnee überschütten. Dann werde ich sehen, was weiter geschehen muß.«

Den ganzen nächsten Tag verbrachte Rika im Zelt ihres Vaters. Sie war traurig und mürrisch. Aber in der Dämmerung lief sie wieder nach draußen und kehrte erst im Morgengrauen zurück, zu Tode erschöpft. So ging es Tag für Tag. Bis die Lerchen von ihrer weiten Reise zurückkehrten, die Fröste langsam nachließen und der Schnee zu tauen begann.

Die Nacht des Sterns Caraja war da.

Vom Zigeuner und der roten Schlange

Der Zigeuner Pchuro hatte zwei Söhne. Der jüngere von beiden war gut und gehorsam, der ältere ein böser Nichtsnutz. Alle Tage kutschierten die Söhne den Wagen – einmal der ältere, einmal der jüngere, im Wechsel. Eben war es wieder einmal an der Zeit aufzubrechen, und Pchuro reichte seinem jüngeren Sohn die Zügel.

»Fahren wir«, sagte er. »Heute wirst du kutschieren.«

Vater und Sohn nahmen Platz unter dem Segeltuchverdeck, und der jüngere Sohn knallte mit der Peitsche: Die Pferde setzten sich in Bewegung. Der Weg war sandig, und nur mühsam schleppten die Pferde den großen Zigeunerwagen vorwärts. In schläfrigem Gleichmaß knirschten die Räder; es klang, als sängen sie ein Wiegenlied. Da schlummerte auch der jüngere Sohn bald ein, und die Pferde trotteten vor sich hin.

Als der junge Zigeuner hochschreckte, war es bereits Mittag. Die Pferde hielten an einem Scheideweg.

»Hüh!« rief der Zigeuner. »Nach rechts!«

Er zerrte an den Zügeln, schrie, doch – nichts. Die

Pferde warfen sich hin und her, traten mit den Füßen auf der Stelle – das war alles. Der Wagen stand und rührte sich nicht vom Fleck, als hätte er Wurzeln geschlagen.

Der Zigeuner sprang vom Kutschbock, um nachzusehen, was da los war, und erblickte eine große, rote Schlange, die zwischen die Speichen eines Hinterrades geraten war und sich mit ihrem Schwanz so fest um die Lünse geschlungen hatte, daß sich das Rad überhaupt nicht drehen wollte.

Der Zigeuner griff nach seiner Tasche, holte ein Stück gebratenes Fleisch hervor und gab es der Schlange. Zufrieden wedelte die Schlange mit dem Schwanzende, verschluckte das Fleisch und ließ sich dann mit den folgenden Worten vernehmen:

»Ich danke dir für dein gutes Herz. Ich bin keine gewöhnliche Schlange, sondern ein guter Dämon, Schutzgeist der wandernden Zigeuner. Fahrt nach links!«

Und die Schlange glitt vom Rad. Der Zigeuner aber schwang sich auf den Bock und lenkte die Pferde nach links.

Gut hatte die Schlange geraten! Der Weg war besser, die Wälder waren größer. An einem See am Rand eines Eichenwalds machten die Zigeuner Rast.

Am anderen Morgen übergab Pchuro die Zügel seinem älteren Sohn:

»Fahren wir! Heute wirst du kutschieren.«

Und der Ältere bestieg den Kutschbock. Die Räder sangen ihr knirschendes, kreischendes Wiegenlied, sangen, bis der Zigeuner einschlief. Er erwachte erst gegen Mittag und sah sich am Scheideweg. Die Pferde standen und fraßen das Gras aus dem Straßengraben. Eins, zwei, drei war der ältere Sohn vom Bock herunter, um nachzusehen, was da passiert war, konnte aber nichts ausmachen – der Weg war leer.

Also ließ er ein-, zweimal die Peitsche knallen, die Pferde zerrten am Geschirr, doch der Wagen rührte sich nicht vom Fleck. Als der Zigeuner nach hinten ging, um den Wagen anzuschieben, erblickte er die große, rote Schlange zwischen den Speichen eines Hinterrades. Fest wand sich ihr Schwanzende um die Lünse, so daß sich das Rad kein bißchen drehen konnte.

»Was hinderst du mich, abscheuliche Natternbrut!« schrie der Ältere, packte einen Stock und erschlug die rote Schlange.

Im selben Augenblick barst der Wagen in tausend Stücke auseinander, und dem Zigeuner Pchuro und seinem jüngeren Sohn passierte nur deshalb nichts, weil sie auf das dicke karierte Federbett fielen, das sie in ihrem Wagen mit sich führten.

Entsetzt scheuten die Pferde. Pchuro fiel ihnen in die Zügel und band sie an einem Weidenbaum dicht beim Weg fest. Der Jüngere aber hob die rote Schlange auf und fing an, sie anzublasen, um sie wieder zum Leben zu erwecken. Doch nichts half – die Schlange war tot. Der Zigeuner trug sie zu einer Lichtung, um ihr in deren Mitte ein Grab zu graben. Dort sollte die arme Beschützerin der wandernden Zigeuner bestattet sein. Als das Grab fertig ausgehoben war, rollte der junge Zigeuner die Schlange hundertmal zusammen, um sie bequem in die ausgehobene Grube betten zu können.

Auf einmal hörte er eine Stimme:

»Ich danke dir für dein gutes Herz. Die Beschützerin der wandernden Zigeuner stirbt nie, also bin ich nicht gestorben. Dein böser Bruder hat bloß eine Schlange getötet, nicht mich. Schütte mich mit Erde zu, und ich werde hier als eine Eiche emporsprießen. Du aber wirst die Eicheln aus meinen Zweigen schütteln, und die Eicheln werden golden sein. Verkauf sie, und du bist reich. Doch zwei goldene Eicheln behalte stets bei dir; die werden dir die guten Wege zeigen.«

Der Jüngere tat, wie ihm die Schlange geraten hatte. Und schon am Abend war auf dem Schlangengrab eine Eiche gewachsen, deren Geäst mit goldenen Eicheln übersät war. Der Zigeuner schüttelte sie vom Baum und teilte sie mit seinem Vater. Den älteren Sohn aber jagte Pchuro in die weite Welt hinaus.

Seitdem waren Pchuro und sein jüngerer Sohn reiche Leute, die noch dazu stets die besten, glücklichsten Wege ausfindig machten. Brauchten sie Geld, kehrten sie zu der großen Eiche zurück und schüttelten sich Gold aus ihren Zweigen.

Und was geschah mit dem Älteren? Der zog allein umher, wanderte von Wald zu Wald und erschlug Schlangen, grub sie ein und wartete vergeblich darauf, daß auf ihren Gräbern goldspendende Eichen wuchsen. Oft verirrte er sich, und immer traf er auf die schlechtesten Wege oder, noch schlimmer, auf Abwege. Manchmal schüttelte er die Äste der Eichen, um Goldeicheln von ihnen herunterzuschütteln, doch scheuchte er bloß die Vögel im Geäst auf, und der kalte Tau tropfte ihm von den Blättern in den Kragen.

Das Männlein seufzte:

»Ich habe weit von hier in den Bergen gewohnt, zusammen mit meinen Brüdern. Eines Tages zogen wir morgens auf die Jagd. Anfangs hatten wir großes Glück: Wir erlegten vier Gemsen und fingen achtzehn fette Igel. Doch gegen Mittag töteten wir die Frau des Königs der Wiesel. Der König der Wiesel erfuhr es sofort, lauerte mir im Unterholz auf, band mich und steckte mich in dieses unterirdische Verlies.«

»Wenn das so ist, will ich dich gern befreien«, sagte Zuru.

Er löste mühsam die Bastschnüre, mit denen das Männlein gefesselt war, und schaute lachend zu, wie der Zwerg vor Freude zu tanzen anfing, von einem Winkel zum anderen in der unterirdischen Kammer hüpfte. So hüpfte und stampfte er, bis die Kerze umfiel und erlosch. Doch der Zwerg zog einen wunderbar funkelnden Ring hervor, der bislang in der dichten Lockenkrause seines Bartes versteckt gewesen war. Durch den Ring herrschte von neuem Helligkeit unter der Erde.

»Dieser Ring strahlt so hell,« sagte der Zwerg, »daß sein Glanz die Erde, ja sogar die Steine durchdringt. Hast du die aufflackernde und wieder verlöschende Flamme gesehen?«

»Ich hab' sie gesehen, ja«, rief Zuru. »Diese Flamme ist es doch gewesen, die mir dein Versteck gezeigt hat!«

»Dann wisse auch,« sagte das Männlein, »daß ich es war, der unter der Erde Zeichen mit dem Ring gegeben hat. Jetzt muß ich auf schnellstem Wege heim zu meinen Brüdern; denn bald wird hier, wie jede Nacht, der König der Wiesel erscheinen, um nachzuschauen, ob alles in

Ordnung ist und ich ihm nicht zufällig entflohen bin. Leb wohl, ich danke dir!«

»Leb wohl, Zwerglein«, sagte Zuru und eilte hinaus.

Hinter Zuru sprang der Zwerg aus der Höhle, nachdem er hintereinander die beiden Eisentüren geschlossen hatte. Danach schüttelte er den Eingang zum Erdloch mit Tannennadeln zu und sagte noch:

»Höre, Zuru! Ich könnte dir eine Menge Gold schenken, dir Orte zeigen, wo Schätze vergraben liegen. Du aber hast das nicht gewollt und mir versprochen, mich ohne den geringsten Lohn zu befreien. Du hast dein Versprechen gehalten. Nimm darum zum Zeichen meiner Dankbarkeit diesen leuchtenden Ring. Mit ihm wirst du dir bei nächtlichen Wanderungen leuchten können, und vielleicht nützt er dir auch zu etwas anderem...«

Mit diesen Worten steckte das Männlein Zuru den Ring an den Mittelfinger seiner linken Hand und war sogleich in der Dunkelheit verschwunden. Auch Zuru entfernte sich schleunigst von der Erdhöhle, um nicht mit dem erzürnten König der Wiesel zusammenzutreffen. Er kehrte zu seinem Zelt zurück und rief sich alles wieder in Erinnerung: das böse Sippenoberhaupt, die geliebte Pama, die niemals die Frau des armen Zuru werden würde – und das eigene Elend.

Es war schon weit nach Mitternacht, und immer heftiger blies ein kalter Wind. Zurus Hände waren schon ganz steif vor Kälte, und er rieb sie, um sie zu erwärmen. Bei diesem Reiben drehte er versehentlich den Ring am linken Finger. In demselben Augenblick gewahrte Zuru im Lichtschein des Rings drei Golddukaten in seiner Hand. Er drehte den Ring noch einmal – und wieder waren da drei Dukaten. Er drehte daher den Ring und drehte ihn, und Dukaten aus purem Gold fielen aus seiner Hand ins Moos.

Bis zum Morgen war ein hübsches Häufchen Gold zusammengekommen. Zuru sammelte die Dukaten auf und trug sie zum Oberhaupt seiner Sippe. Der Hochzeit der schönen Pama mit Zuru, der jetzt der reichste Zigeuner im ganzen Lager war, stand nun nichts mehr im Wege. Auf der Stelle wurde gefeiert. Die Tochter des Sippenältesten war froh und glücklich, denn schon lange hatte sie die Frau des armen Zuru werden wollen. Sie begriff nur nicht, wie es gekommen war, daß ihr gestrenger, stets unerbittlicher Vater auf einmal in die Vermählung mit so einem Habenichts eingewilligt hatte. Sie wußte ja von nichts: weder vom König der Wiesel noch von der weißen Flamme, weder vom Zwerg noch von dem Wunderring. Der Vater hatte alle Dukaten an sich gerafft und ihr kein Wort davon erzählt.

Nach der Hochzeit führte Zuru Pama in sein zerschlissenes Zelt und sagte: »Dein Vater ist nicht gut zu mir und dir gewesen, weil er nicht erlaubt hat, daß wir uns vermählen, ja sogar mit Stockschlägen hat er mir gedroht. Ich will nicht länger hierbleiben unter seinem Regiment. Ich spanne das Pferd an, rolle das Zelt zusammen, und auf geht's mit uns beiden.«

»Gut«, erwiderte Pama. »Ich fahre mit dir überall hin, wohin du nur willst. Was zählt das schon, daß ich von den Meinen fortgehe, wenn ich mich nur nicht von dir, mein Zuru, trennen muß! Was zählt das schon, daß wir arm sein werden? Lieber mit dir in Armut, als ohne dich in Reichtum!«

Als Zuru das hörte, strahlte er und drehte am Ring. Und einmal und noch einmal Dukaten rieselten der schönen Pama in den Schoß. Sie freute sich sehr, so sehr, daß sie am liebsten getanzt hätte. Doch dazu war keine Zeit. Zuru spannte das Pferd ein, und beide zogen sie mit ihrem Wagen in die Welt hinaus.

Unterwegs wird Zuru Pama bestimmt die ganze Geschichte vom weißen Flämmchen, dem Männlein und dem König der Wiesel erzählt haben.

> Und sie lebten glücklich
> als ein frohes Pärchen,
> weil sie sich sehr liebten.
> Das ist schon das Märchen!

Wie ein Zigeuner den Teufel überlistete

Es waren einmal dreizehn junge Zigeuner, die seit ihrer Geburt in einem riesigen Wald lebten. In einem Frühling beschlossen sie, sich vom Lager zu trennen, um gemeinsam in die Welt zu ziehen und fremde Städte und fremde Menschen kennenzulernen.

Sie waren sehr neugierig auf die Welt, und den Wald kannten sie bereits in- und auswendig, vom Wurzelwerk der Kiefern bis zu deren Wipfeln.

Ein paar Jahre lang wanderten sie von Stadt zu Stadt und von Dorf zu Dorf, lernten niemals Armut und Hunger kennen, sondern fanden überall eine gute Arbeit und ihr gutes Auskommen.

Doch einmal gelangten sie in eine weite, öde Gegend, wo es nicht eine lebendige Seele gab. Auch weder Baum noch Strauch gab es dort, keinen Fluß, keinen Bach, kein Gras, nicht einmal ein Grashälmchen. Drei Tage irrten sie durch diese von Gott und den Menschen verlassene Gegend, bis sie endlich am vierten Tag zu einer großen Höhle gelangten, die mit einem Eisentor verschlossen war. Die jungen Zigeuner waren zu Tode erschöpft und furchtbar hungrig, also klopften sie an das Tor, in der Hoffnung, von den Bewohnern der Höhle vielleicht etwas zum Essen und Trinken zu erhalten. Das Tor tat sich unter scheußlichem Kreischen auf, und Rost rieselte als dichter Regen auf die Köpfe der Ankömmlinge herab; offenbar war das Eisentor lange nicht geöffnet worden. Auf der Schwelle erschien ein hinkender Teufel und fragte:

»Was wollt ihr hier? Seid ihr hungrig und durstig? Tretet ein, ich will euch zu essen und zu trinken geben.«

Die Zigeuner betraten die Wohnung des Teufels und setzten sich sogleich zu Tisch. Der Teufel hatte ihnen ein schmackhaftes Fleischgericht zubereitet, bewirtete sie auch sonst mit guten Speisen und Getränken, so daß sie ihren Hunger und Durst stillten. Nach der Mahlzeit verschnauften sie, schmauchten ihre Pfeifchen, verabschiedeten sich von dem Teufel und begannen einer nach dem anderen hinauszugehen. Da eilte der Teufel zur Tür, ließ alle bis auf den letzten aus der Höhle.

»Ich habe euch bewirtet,« sagte er, »folglich gehört der letzte mir. Ich behalte ihn zurück!«

Und als die zwölf draußen waren, schlug der Teufel das Eisentor hinter ihnen zu, und der dreizehnte Zigeuner blieb in der Teufelshöhle.

Die zwölf Zigeuner setzten ihre Wanderschaft fort. Sie waren traurig und bekümmert, daß sie den dreizehnten, ihren Reisegefährten, verloren hatten, und sie wollten schnell so weit wie möglich fort von der Teufelsbehausung, doch die Einöde erstreckte sich so weit, daß sie sich nach drei Tagen erneut verirrten und wieder bei der Höhle ankamen. Und so sehr setzte ihnen der Hunger zu, daß sie sich kaum noch auf den Beinen hielten.

»Vielleicht klopfen wir wieder ans Eisentor?« fragte einer der zwölf Zigeuner.

»Gut!« erwiderten die anderen. »Was kommt, das kommt, zumindest essen wir uns satt!«

Und sie klopften.

Der hinkende Teufel öffnete ihnen das Tor und gab ihnen auch diesmal zu essen und zu trinken. Doch als sie die Höhle verlassen wollten, geschah alles wie beim ersten Mal. Den letzten Zigeuner behielt der Teufel in seiner Wohnung zurück.

Das Ganze wiederholte sich alle paar Tage, und jedesmal, wenn sie den Teufel wieder verließen, waren sie einer weniger; denn nach jedem Besuch behielt der Teufel den, der als letzter hinausging, bei sich. Beim elften Besuch betraten nur noch zwei Zigeuner sein Haus, und nur noch einer verließ es wieder. Er verließ das Teufelshaus und irrte nun allein durch die gewaltige Einöde. Traurig war ihm ums Herz, und er fühlte sich sehr einsam.

Nach drei Tagen des Umherirrens war der Zigeuner so geschwächt, daß er sich kaum noch zum Eisentor zurückschleppen und anklopfen konnte. Der hinkende Teufel öffnete ihm und gab ihm zu essen und zu trinken.

Als der Zigeuner seinen Hunger und Durst gestillt hatte, stand er vom Tisch auf, um die Höhle zu verlassen. Doch der Teufel rief:

»Holla, mein Liebchen, nicht weggelaufen! Einer muß schließlich bleiben, und du bist allein gekommen...«

»Gut!« entgegnete der Zigeuner. »Ich mach' bloß für

einen Augenblick die Tür auf, weil ich noch einen mit hierhergebracht habe.«

»Den will ich sehen!« rief der Teufel und öffnete das Tor. »Du entkommst mir ohnehin nicht mehr!«

Der Zigeuner stellte sich in die Türöffnung, wandte den Kopf ab und zeigte dem Teufel seinen Schatten.

»Du kannst ihn behalten!« rief er.

Im selben Moment schlug der Teufel das Tor zu, und der Zigeuner blieb draußen. Er schaute sich um und bemerkte, daß sein Schatten verschwunden war.

Unterdessen versuchte der Teufel hinter dem Eisentor, den Schatten vom Fußboden aufzuheben. Doch der Schatten, wie so ein Schatten nun einmal ist, ließ sich nicht greifen. Er glitt unter der Tür durch in die Nachbarkammer, in der alle vom Teufel ergriffenen Zigeuner gefangensaßen. Auf der Jagd nach dem Schatten öffnete der Teufel die Kammertür. Die Zigeuner stürzten heraus, öffneten sich das Eisentor und entkamen in die Wüstenei, wo der dreizehnte auf sie wartete. Dem Teufel gelang es endlich, den Schatten zu krallen und in der Kammer einzuschließen. Da erst wurde er gewahr, daß all seine Gefangenen entflohen waren, doch zur Verfolgungsjagd war es bereits zu spät. Der Teufel schnaubte derart wutentbrannt, daß ihm Feuer aus den Ohren loderte und aus der Nase Rauch quoll. Ein Donnergrollen, und den Eingang zur Teufelswohnung versperrte ein riesiges Felsbrocken! Keiner hätte auch nur ahnen können, daß sich hier einmal eine mit einem Eisentor versperrte Höhle befunden hatte.

Froh, ihre Freiheit wiedererlangt zu haben, schritten die Zigeuner rüstig aus. Kein Monat war vergangen, als sie wieder bei ihrem Lager ankamen und nunmehr beschlossen, es niemals im Leben mehr zu verlassen.

Nur besaß der dreizehnte Zigeuner keinen Schatten. Aber was bedeutete schon das Fehlen eines Schattens, wenn man endlich aus der Ferne zu den Seinen heimgekehrt ist!

Der verzauberte Kasten

Dort, wo der dichte Tannenwald in einen lichten Buchenhain übergeht, lebten den Sommer über arme Zigeuner. Zum Winter begaben sie sich mit Sack und Pack zu einer alten, verlassenen Mühle, um während der kalten Tage ein Dach über dem Kopf zu haben. Im Frühling kehrten sie an ihren Platz zwischen Tannenwald und Buchenhain zurück und schlugen dort auf der Lichtung ihr geflicktes, windgezaustes Zelt auf.

Es waren ihrer zwei: ein Zigeuner und eine Zigeunerin, die Frau des Zigeuners. Obwohl bereits sieben Winter und sieben Frühlinge, Sommer und Herbste ins Land gegangen waren, hatten sie keine Kinder, und dabei wünschten sie sich so sehr ein Söhnchen. So manche Tage ging die Zigeunerin zum Zapfensammeln in den Tannenwald. Sie sammelte die Zapfen von der Erde auf in ein großes Tuch, sammelte und schaute, sammelte und schaute.

Dabei sah sie, wie auf Pfaden, zierlich und schmal wie ein Fingernagel, in langer Reihe Ameisen krabbelten und weiße Bündelchen trugen, in denen ihrer Kinder –

kleine Ameisen – schliefen. »Glückliche Ameisen...«, seufzte die Zigeunerin und sammelte weiter ihre Zapfen. Sie sah, wie in einem Wacholderstrauch ein Fink seine Jungen mit schwarzen Fliegen fütterte. »Glücklicher Fink...«, seufzte die Zigeunerin und sammelte weiter ihre Zapfen. Sie sah den Igel vier Igelkinder spazieren führen. »Glücklicher Igel!« seufzte noch einmal die Zigeunerin, schulterte ihr Zapfenbündel und kehrte zu ihrem Zelt zwischen Tannenwald und Buchenhain zurück. Dort schüttete sie die Tannenzapfen aus und zündete ein Feuer an; denn es begann, kühl zu werden. Wind war aufgekommen, der Tannenwald rauschte, der Buchenhain rauschte; die Zigeunerin ließ sich am Feuer nieder, und neben sie setzte sich der Zigeuner.

»Schade, daß du ein so großes Feuer gemacht hast«, sagte der Zigeuner zu seiner Frau. »Für uns beide hätte ein viel kleineres gereicht.«

»Ja, das ist wahr«, erwiderte die Zigeunerin. »Aber wenn wir Kinder hätten, säßen wir um das Feuer herum, und für jeden gäb's Wärme genug. Dann tät's mir nicht mal leid, alle Zapfen aus dem Tannenwald auf einmal ins Feuer zu werfen.«

Hell loderten die Zapfen. Die roten Flammen flatterten mit ihren goldenen Flügeln, als wollten sie davonfliegen. Doch das Feuer hielt sie zurück. Als es niedergebrannt war, legten sich der Zigeuner und seine Frau in ihrem Zelt schlafen, und beide träumten den gleichen Traum: den Traum von einem kleinen schwarzhaarigen Jungen, der ihr Söhnchen war.

Im Morgengrauen erwachte die Zigeunerin, und sie ging mit ihrem Tuch in den Buchenhain, um Bucheckern zu sammeln, aus denen sie hübsche Halsketten fertigte, indem sie die Eckern auf Roßhaar fädelte. Die Halsketten verkaufte sie später auf dem Markt; denn dem, der sie um den Hals trug, halfen sie bei Schmerzen in den Knochen. Bucheckern gab es in Hülle und Fülle, doch kaum hatte die Zigeunerin drei Hände voll gesammelt, als sie eine alte Frau erblickte, die aus dem Astloch einer alten Buche herausschaute.

Es war Matuja, die Seele des Baums. Sie beugte sich aus dem Astloch und sagte zu der Zigeunerin: »Fürchte dich nicht vor mir, ich bin die Seele des Buchenbaumes und verbiete dir nicht, seine Eckern zu sammeln. Sag mir, was du dir wünscht, und ich will dir deinen Wunsch erfüllen.«

»Buchenseele«, rief die erschreckte Zigeunerin, »ich möchte so gern ein Söhnchen haben!«

»Du wirst ein Söhnchen haben«, antwortete Matuja. »Tu, wie ich dir rate: Wenn du zum Wahrsagen ins Dorf gehst, such dir einen Kürbis, und sobald du ihn gefunden hast, schneide ihn ab und trag ihn in dein Zelt. Nur denk daran, der Kürbis muß groß und reif wie der aufgehende Mond sein. Du höhlst ihn aus und gießt Milch hinein, und dann trinkst du sie restlos bis zum letzten Tropfen aus. Tust du das, so wird dir ein schöner, glücklicher Junge geboren. Sobald er herangewachsen ist, möge er in die Welt hinausziehen, das Glück zu suchen, das ihm bestimmt ist. Damit er nicht mit leeren Händen wandern muß, gebe ich dir dieses Buchenholzkästchen hier, das ihm einmal von Nutzen sein kann ...«

Mit diesen Worten händigte sie der Zigeunerin einen kleinen Holzkasten aus und einen Buchenstecken und verschwand, die Baumhöhle aber war augenblicklich mit Buchenrinde zugewachsen.

Die erfreute Zigeunerin lief so schnell zu ihrem Zelt zwischen Tannenwald und Buchenhain zurück, daß sie unterwegs die Hälfte der gesammelten Bucheckern verlor. Aus dem Dorf holte sie einen dickbäuchigen Kürbis, höhlte ihn aus, goß einen Topf Ziegenmilch hinein, den sie für eine Halskette gegen Knochenschmerzen erhalten hatte. Sie trank die Milch bis zum letzten Tropfen, wie es die Matuja sie geheißen, und erwartete dann so verträumt ihr Söhnchen, daß sie die Bucheckern auf ihre eigenen Haare fädelte. Sie bemerkte es erst, als die Halsketten zerrissen und die Eckern ins Moos fielen. Also begann sie aufs neue mit dem Auffädeln, aber zerstreut, wie sie war, zog sie die Eckern auf ein Spinnweben, das noch viel dünner und feiner war als ihr Haar. Die Eckern purzelten nach allen Seiten, doch die Zigeunerin kümmerte es nicht; denn große Freude herrschte zwischen Tannenwald und Buchenhain, ein kleines Zigeunerlein war auf die Welt gekommen.

Zigeuner und Zigeunerin wuschen das winzige Knäblein in einem Waldbach, dessen Quelle im Buchenhain entsprang und der durch den Tannenwald floß und weiter bis zum Meer, das hinter dem Tannenwald lag. Dem gebadeten Söhnchen gaben sie den Namen Bachtalo, das bedeutet »Der Glückliche«.

Von da an wärmten sich am Feuer auf der Lichtung ihrer drei – ein Zigeuner, eine Zigeunerin und ein Zigeunerkind. Und für alle reichte die Wärme.

Glücklich waren die Eltern des Jungen, aber arm. Jahr um Jahr verging in Hunger und Kälte. Die Zigeunerin wußte nicht, was sie ihrem Söhnchen in den kalten Wintermonaten, wenn sie wie immer in die alte, verlassene Mühle übersiedelten, anziehen sollte. Die Jahre verrannen, aber die Vorhersage der Matuja wollte und wollte sich nicht erfüllen, und nur der Name des Jungen war glücklich.

So verflossen zwanzig Jahre.

Eines Morgens verließ Bachtalo das Zelt, nahm Abschied von seinen Eltern und ging in die Welt hinaus, sein Glück zu suchen. Den Buchenholzkasten nahm er als Talisman mit und den Stock, um sich unterwegs die bissigen Hunde vom Leibe zu halten. Seinen Weg nahm er durch den Wald; er wählte verschlungene Pfade, und die Tiere, denen er im Waldesdickicht begegnete, rieten ihm freundschaftlich, wie man am besten in die Welt hinausgelangte. Denn von frühester Jugend auf hatte Bachtalo mit den Tieren in Freundschaft gelebt, und er verstand ihre verschiedenen Sprachen, zum Beispiel Füchsisch, Wölfisch, die Eichhörnchensprache oder auch Dächsisch. Durch Wälder wanderte Bachtalo, doch sein Glück konnte er nirgends finden, obgleich er es auf der Erde, in Baumhöhlen und im höchsten Geäst der Bäume suchte.

Bis ihm eines Tages ein alter Dachs sagte, man müsse nach Süden gehen. Denn im Süden wohne der reiche Waldkönig, der versprochen habe, den zu beglücken, der etwas tat, das die Welt noch nicht gesehen hatte.

»Und womit beglückt dieser König?« fragte Bachtalo.

Der alte Dachs gab zur Antwort:

»Der König hat versprochen, dem wackeren Jüngling seine Tochter zur Frau sowie das halbe Königreich zu geben. Ich selber hab' schon überlegt, ob ich nicht mein Glück versuchen sollte. Gelänge mir der Versuch, bekäme ich die Königstochter und viele Untertanen. Doch dann hab' ich's mir wieder anders überlegt: Ich bin schon zu alt, und meine Ohren sind ganz grau. Du, Bachtalo, bist jung,« fügte der Dachs hinzu, »du solltest es versuchen. Vielleicht gelingt es dir, den Wunsch des Königs zu erfüllen und der Mann seiner Tochter zu werden... Geh nach Süden!«

»Gut. Ich danke dir«, sagte Bachtalo und ging nach Süden.

Er durchquerte einen Tannenwald und einen Buchenhain, einen Kiefern- und Ahornwald, bis er zu einer großen Lichtung gelangte, die die Hauptstadt des Waldkönigs war. Mitten auf der Lichtung stand ein großes, rotes Zelt, in dem der König mit seiner Familie wohnte.

Bachtalo betrat das Königszelt und sagte:

»Ich bin der Zigeuner Bachtalo. Ich komme zu dir, König, um dein Begehren zu erfüllen...«

Doch da stießen ihn auch schon die Diener des Königs aus dem Zelt; denn der König war damit beschäftigt, dem Waldesrauschen zu lauschen, er hatte folglich keine Zeit.

»Denk dran,« sagte ein Diener zu dem Zigeuner, »täglich von fünf bis sieben lauscht der König dem Waldesrauschen, und dann darf man ihn nicht stören. Komm morgen früher.«

Bachtalo ging, um sich im Wald ein Lager zu suchen, und er dachte bei sich, daß er sich die Königstochter ansehen sollte, bevor er erneut vor den König trat.

In dem Moment ging über dem Wald ein großer, kürbisrunder Mond auf und erhellte den See, in dem gerade die Tochter des Waldkönigs badete. Bachtalo überlegte, daß sie sehr schön sei, und er irrte sich nicht – sie war wirklich schön.

Tags darauf ging Bachtalo zum König und sprach zu ihm wie folgt:

»Ich habe gehört, König, du willst deine Tochter dem zur Frau geben, der etwas tut, das die Welt noch nicht gesehen hat. Wisse also, daß ich deine Tochter nehmen will, sag mir nur, was ich tun soll.«

Als er diese Worte vernahm, entflammte der König in großem Zorn und schrie:

»Was denkst du dir eigentlich? Du fragst mich, was du tun sollst? Du weißt doch, daß ich nur dem meine Tochter gebe, der eine solche Sache meistert, wie es sie noch niemals gegeben hat! Für eine so dumme Frage gehst du ins Gefängnis!«

Auf der Stelle eilten die Königsknechte herbei und steckten den armen Zigeuner in ein finsteres Loch unter den Wurzeln einer alten Eiche. Das Loch verschlossen sie mit einem großen Stein, und Bachtalo blieb allein in der Finsternis.

Kalt war es unter der Erde; denn kein Sonnenstrahl, nicht einmal ein Mondstrahl, drang herein. Falls es dennoch einen unterirdischen Mond gab, so mußte der schwarz sein; man sah ihn nicht. Zu Bachtalo krochen die Maulwürfe, um ihn mit ihren warmen Pelzchen zu wärmen. Auch sie konnte Bachtalo in der unterirdischen Finsternis nicht sehen, aber er erkannte sie an ihrer Stimme; denn Bachtalo verstand ebenfalls Maulwürfisch.

Keiner weiß, wie lange er da so gesessen hatte, als

sich das Loch plötzlich mit einem grünlichen, dann blendend weißen Licht erfüllte und Matuja sich dem Jüngling zeigte. Ihre Haare waren silberschimmernd wie ein Bach.

Sie sprach im Flüsterton, und zunächst wollte es Bachtalo scheinen, daß das gar kein Flüstern war, sondern nur der Wind oder jemand, der im Wald über ihm Reisig zusammensuchte oder Zapfen. Doch bald begann Bachtalo, Matujas geflüsterte Worte zu verstehen. Und die waren die folgenden:

»Sei nicht ängstlich noch bekümmert, Bachtalo. Du wirst noch von hier fortkommen und die Tochter des Waldkönigs freien. Ich bin Matuja und habe, noch bevor du auf die Welt kamst, versprochen, daß du einst glücklich sein wirst. Jetzt bin ich gekommen, um mein Versprechen einzulösen. Du hast doch den kleinen Kasten aus Buchenholz bei dir...«

»Ja, den hab ich,« antwortete Bachtalo, ins grelle Licht blinzelnd, »aber er ist mir bisher zu nichts nütze gewesen. Ich hab' glückbringende Fledermausknöchelchen gesammelt und sie ins Kästchen getan. Ich hab vierblättrige Kleeblätter gepflückt und sie hineingelegt, aber sie sind vertrocknet und zu Staub zerfallen. Wenn das Glück nicht kommen will, kommt es nicht.«

»Keine Sorge, Bachtalo«, flüsterte Matuja. »Und hast du den Stecken von einem Buchenast?«

»Hab' ich«, antwortete Bachtalo. »Doch genützt hat auch der mir nichts; denn ich bin keinem einzigen Hund begegnet, vor dem ich mich hätte in acht nehmen müssen. Und selbst wenn ich einen getroffen und ihn verjagt hätte – wäre das schon das Glück gewesen?«

»Mach dir nichts daraus«, entgegnete Matuja. »Nimm von mir eine Haarsträhne und schneide sie ab.«

Und als das Bachtalo getan hatte, sagte sie noch:

»Und jetzt befestige einen Teil dieser Strähne auf deinem Kästchen, und den Rest binde an den Buchenstekken. Von nun an wird der Kasten die Menschen froh machen oder traurig, wie du es willst.«

Und Matuja nahm den Kasten, drückte ihn an die Lippen und lachte ganz leise hinein. Dann begann sie zu weinen, und ein paar Tränen tropften in den Kasten.

»Nimm jetzt den Stecken und fahr mit ihm über meine Haare auf dem Kasten – hin und her, hin und her...«

Bachtalo versuchte es, und auf einmal strömten die herrlichsten Töne aus dem Kasten hinaus in die Welt.

Die Matuja war fort, im Loch herrschte wieder finstere Nacht, aber Bachtalo spielte und spielte. Zuerst spielte er langsam und traurig. In der Erdtiefe lauschten die blinden Maulwürfe, und sie dachten, der Herbst sei angebrochen, traurige Nebel überzögen die Erde, und rote Blätter fielen in große Pfützen.

Doch dann wurde Bachtalos Musik hüpfend und heiter, bis es wärmer wurde im Loch und man Flügelschlagen hören konnte und ein Gezwitscher aus Tausenden kleinen Kehlen.

Da auf einmal wurde es hell in der Gefängnishöhle, und Bachtalo dachte, Matuja sei zurückgekommen und erstrahle in ihrem Licht. Doch nein! Das war Tageslicht... Der Waldkönig hatte das Spielen vernommen und seinen Dienern befohlen, den Felsstein von der Öffnung zu wälzen und den Gefangenen aus dem Loch herauszuführen.

So stand Bachtalo erneut vor dem Könige, und er sagte:

»Sieh her, König, und lausche! Hier ist das Ding, das die Welt noch nicht gesehen, noch nicht gehört hat.«

Und er spielte auf seinem Kasten zuerst ein trauriges Lied. Der König weinte herzzerreißend, und von seinen Tränen schossen – wie nach einem Regenguß – viele, viele Pilze aus dem Boden. Danach stimmte Bachtalo ein fröhliches Liedchen an. Der König lächelte, und mit ihm lächelten die Höflinge, die königliche Familie und der ganze Wald.

Am schönsten aber lächelte die Königstochter, und noch am selben Tage wurde auf der königlichen Lichtung Hochzeit gefeiert.

Bachtalo holte seine Mutter und seinen Vater aus ihrem Zelt zwischen Tannenwald und Buchenhain, und alle aßen sie zusammen und tranken und feierten drei Tage lang. Bachtalo aber stimmte die allerlustigsten Weisen an.

Und der Waldkönig hörte auf, von fünf bis sieben dem Waldesrauschen zu lauschen; denn die Musik des Zauberkastens war hundertmal schöner als das schönste Rauschen.

Die Geige war geboren.

Die Kröte
und die arme Witwe

Es war einmal eine alte Witwe, die war so arm, daß sie nur zweimal in der Woche ein bißchen Brot kaufte. Sie besaß kein Geld; denn das Alter hatte sie geschwächt, so daß sie keine schwere Arbeit mehr verrichten konnte. Ja, ja, wenn sie Söhne gehabt hätte oder wenigstens einen einzigen Sohn, hätte sie ganz sicher weder Elend noch Hunger kennengelernt! Aber die arme Witwe hatte nur drei böse Töchter, die inzwischen verheiratet waren und sich keinen Deut mehr um ihre arme Mutter kümmerten. Hätte die arme Witwe in ihrem Stübchen irgendwelches Hausgerät oder auch nur ein gut erhaltenes Kleid gehabt, wären die bösen Töchter zu Besuch gekommen, um ihr sogleich zu nehmen, was noch irgendwelchen Wert besaß. Doch sie besaß rein gar nichts von Wert, und so kamen die Töchter auch nicht zu Besuch.

An wen aber sollte sie sich wenden, wo doch die Nachbarn so viel eigene Dinge im Kopf hatten, daß sie nicht auch noch mit einer armen Witwe reden wollten?

Eines Abends saß die Alte vor ihrem Häuschen und

weinte still in sich hinein. Auf einmal kroch eine riesige, gräßlich anzusehende Kröte, die an die hundert Jahre zählen mochte, unter der Schwelle hervor und sagte:

»Ich sehe, daß böse Gedanken dich umtreiben, sehe auch, daß du ein schweres Leben hast! Und darum will ich dir helfen. Erlaub mir nur, in deine Stube zu kommen und hinter dem Ofen zu wohnen. Wenn ich hinaus will, laß mich hinaus, und will ich zurück, laß mich wieder ein. Dafür will ich dir alle Tage tausend Dukaten legen.«

Die alte Witwe bat die Kröte in ihre Stube und führte sie zum Ofen. Der war schon lange nicht mehr geheizt worden, aber das machte nichts, weil Kröten ohnehin die Wärme verabscheuen.

Am Morgen des anderen Tages, gleich nach dem Aufwachen, guckte die Witwe hinter den Ofen und sah die Kröte auf einem Häuflein goldener Dukaten sitzen. Flink hüpfte die Kröte vom Gold, das sie nachts gelegt hatte, trippelte zur Tür und sagte:

»Jetzt laß mich hinaus. Ich bin bald wieder zurück. Hol dir die Dukaten hinter dem Ofen hervor!«

Die Alte ließ die Kröte auf den Hof hinaus, nahm die Dukaten, ging in die Schenke und aß dort und trank für alle Zeiten. Dabei gab sie nur einen einzigen Dukaten aus; das übrige Geld konnte sie sich für später aufheben. Als sie hereinkam, wartete die Kröte längst vor der Tür. Und wieder geschah es wie am ersten Tag. Die Kröte krabbelte hinter den Ofen. Es war schon fast Mittag, als die Alte ihre quakige Stimme hörte:

»Ich hab' dir wieder ein bißchen Geld gelegt. Laß mich raus und nimm es dir. Ich bin bald wieder da!«

Die alte Witwe öffnete die Tür und ließ die Kröte

hinaus. Dann nahm sie die Dukaten, ging in die Schenke und verzehrte ein reichliches Mittagessen: sauren Borschtsch aus Kirschen nebst Gänsebraten. Abends ging dann alles wie zuvor vonstatten: Die Kröte machte ihren Spaziergang, und die Witwe ging zum Abendessen in die Schenke. Bevor es Nacht wurde, kehrte der goldbringende Frosch nach Hause zurück, und die Witwe brachte sich aus der Schenke noch Bier mit heim.

So ging das alle Tage, wochenlang. Die Kröte legte goldene Münzen, und die alte Frau aß und trank und bewahrte die übrigen Dukaten in einem alten Köfferchen auf. Und bald schon fand das Geld keinen Platz mehr, obgleich das Köfferchen ziemlich geräumig war und man darin viel unterbringen konnte.

Unterdessen waren die bösen Töchter einmal in die Schenke gekommen, und der Schankwirt hatte ihnen erzählt, daß ihre alte Mutter alle Tage die besten Gerichte aß und mit Golddukaten zahlte. Das verblüffte die drei Töchter sehr, und sie fingen an, sich den Kopf darüber zu zerbrechen, woher wohl ihre alte Mutter die Golddukaten hatte. Sie grübelten und grübelten, kamen aber nicht dahinter.

Also beschlossen sie, ihre Mutter zu besuchen, um endlich alles zu erfahren. Lange schon waren sie nicht bei ihr gewesen, und so besannen sie sich kaum mehr auf den Weg zu ihrem Häuschen. Eine Zeitlang liefen sie im Dorf ziellos hin und her, bis ihnen jemand den Weg zeigte. Die ältere Tochter klopfte.

Die alte Frau öffnete, und ihre Töchter küßten sie überschwenglich und begannen sogleich, das eigene schwere Los zu beklagen.

»Ach, mein geliebtes Mütterchen,« sagte die erste Tochter, »mein Leben ist so schwer, daß ich kaum mal einen Bissen zu mir nehme!«

»Ach, mein geliebtes Mütterchen,« sagte die zweite Tochter, »du bist arm, ich weiß, doch ich bin bestimmt viel ärmer als du!«

»Ach, geliebtes Mütterchen«, sagte die dritte Tochter. »Ganze Tage und Nächte arbeite ich für ein armseliges Stückchen trockenes Brot. Deshalb konnte ich mir auch so lange keinen Augenblick frei nehmen, um dich zu besuchen!«

Die alte Frau ahnte nicht, daß ihre Töchter logen. Das Mitleid drückte ihr schier das Herz ab, als sie vernahm, daß ihre leiblichen Töchter hungern mußten und im Elend lebten. Sie öffnete daher ihr altes Köfferchen und teilte ihre gesparten Dukaten zu gleichen Teilen unter ihren drei Töchtern auf. Die griffen das Geld, doch habgierig, wie sie nun einmal waren, hatten sie immer noch nicht genug:

»Sag, Mütterchen, woher hast du bloß das viele Geld?« fragten sie. »Hast du einen vergrabenen Schatz gefunden?«

»Das hab ich nicht«, sagte die Alte. »Es ist eine Zauberkröte, die sich meines Elends erbarmt hat und mir alle Tage hinter dem Ofen goldene Dukaten legt.«

Und sie zeigte den Töchtern die Kröte hinter dem Ofen.

Bei deren Anblick spien die Töchter vor Ekel aus und riefen:

»Pfui, pfui und nochmals pfui! Was für ein scheußliches Ungeheuer!«

Sie rafften ihr Geld zusammen und eilten nach Hause. Eine jede von ihnen fing sich eine Kröte, setzte sie hinter den Ofen, und die Warterei auf die Golddukaten begann. Da konnten sie jedoch lange warten; denn für gewöhnlich legen Kröten etwas ganz anderes als Gold!

Darum beschloß die erste Tochter, ihrer alten Mutter die Zauberkröte zu stehlen. An einem Morgen, als die alte Frau gerade in der Schenke frühstückte, stahl sie sich ins mütterliche Stübchen, holte die Zauberkröte und brachte sie zu sich nach Hause. Doch die Kröte sprach:

»Ich muß mit dir schlafen, anders lege ich nicht einen einzigen Dukaten!«

Nun ja, was sein muß, muß sein! Die älteste Tochter nahm also die Kröte zu sich ins Bett. Aber am Morgen war keine Kröte mehr da, sie war spurlos verschwunden. Dafür juckte es die Tochter der alten Witwe am ganzen Körper, so daß sie sich eine Woche lang kratzen mußte.

Was aber war mit der Kröte geschehen? Auf Zauberwegen war sie zu der alten Witwe zurückgekehrt.

Auch die zweite Tochter konnte es nicht erwarten, daß ihr die gewöhnliche Kröte Dukaten legte. Darum beschloß auch sie, ihrer Mutter die Zauberkröte zu stehlen. Am Mittag, als die alte Frau gerade in der Schenke saß und ihr Mittagbrot verzehrte, stahl sie sich in deren Stube, nahm die Kröte und brachte sie zu sich nach Hause. Doch die Kröte sagte:

»Ich muß mit dir schlafen; denn anders lege ich dir nichts!«

Da nahm auch die zweite Tochter die Kröte mit unter ihr Federbett. Aber als sie am Morgen erwachte, war keine Kröte mehr da. Nur der Körper juckte der bösen

Tochter so, als hätten sie unzählige Flöhe gestochen. Sie mußte sich kratzen und kratzen und kratzte sich das ganze Jahr. Und die Kröte kehrte auf wunderbare Weise zu der alten Witwe zurück.

Schließlich stahl auch die jüngste Tochter ihrer Mutter die Zauberkröte. Sie nahm sie mit ins Bett, und am Morgen besaß sie weder eine Kröte noch das erhoffte Geld, einfach gar nichts – bloß einen fürchterlichen Juckreiz. Und auch sie begann sich zu kratzen und zu kratzen, ohne Unterlaß – bis zu diesem Augenblick ...

Es kam aber der Tag, da die alte Witwe starb. Die Nachbarn versammelten sich in ihrer Stube, um die Tote in den Sarg zu legen und für sie zu beten. Doch auf ihrem Bett lag nur ihr Alltagskleid. Aus diesem Kleid schlüpfte, wie aus den Schalen eines Hühnereis, dieselbe Witwe, nur wieder blutjung und wunderschön. Und sie verließ das Haus, gemeinsam mit der Zauberkröte, und beide wanderten in die Welt hinaus.

Niemand hat sie seither irgendwo gesehen – sie nicht und die Zauberkröte nicht.

In der Nacht, als das geschah, eilten die Töchter herbei, um sich das Gold aus dem Köfferchen zu holen. Doch es verwandelte sich in einem Augenblick in Steine, die sie irgendwie nicht gebrauchen konnten.

Die Quelle der Weisheit

In einem winzigen Bergdörfchen lebte einmal ein armer Zigeuner als Korbmacher. Wie kaum einer verstand er es, aus Weidenruten Körbe und Körbchen zu flechten. Und er hatte viel Zeit fürs Körbeflechten, weil keiner von den Nachbarn ihn besuchte. Sie mieden ihn, weil er furchtbar häßlich war: Er hinkte und schielte, und sein Aussehen gemahnte sie an einen Teufel. Was sollte der arme Korbmacher tun? Schließlich war es nicht seine Schuld, daß er so häßlich war.

Ja, er war häßlich, doch dafür besaß er ein gutes Herz, und Körbe flocht er wunderschön. Aber die Nachbarn waren dermaßen in seine Häßlichkeit vergafft, daß sie sein gutes Herz gar nicht bemerkten. Selbst wenn einer bemerkte, daß der Korbmacher für die Kinder reizende, klitzekleine Körbchen ganz umsonst flocht und mit einem Hungrigen seinen letzten Bissen Brot teilte, glaubte er, daß nicht Güte, sondern Dummheit ihn so handeln ließ. Und sie nannten ihn Häßlicher Dämlack.

So lebte der Korbmacher allein, mutterseelenallein in einer kleinen Hütte am Dorfrand und wanderte täglich in den Wald, um sich Flechtweide für seine Körbe zu schneiden, die er später dann in dem unweit gelegenen Städtchen verkaufte.

Doch schließlich und endlich setzten ihm die bösen Nachbarn dermaßen zu, daß er seine Hütte für ein paar Groschen verkaufte und allein in die Welt hinauszog. Er drang tief in den Wald vor, wanderte weiter und weiter, schnitt Weidenruten, flocht Körbe daraus und verkaufte sie den Leuten aus den Dörfern am Waldrand.

Eines Tages geriet der Zigeuner in eine unwegsame Waldgegend, wo er schönere Zweige als je zuvor erblickte. Er schnitt ein paar von ihnen, band sie zusammen und eilte weiter, noch tiefer in den Wald hinein. Dort gewahrte er noch schönere Zweige. Je tiefer er in den Wald eindrang, um so schönere Zweige fand er. Kaum hatte er einen Armvoll geschnitten, mußte er sie schon wieder wegwerfen, weil er andere erblickte, die ihm hundertmal besser als die vorhergehenden gefielen.

So drang er immer tiefer ins Waldesdickicht ein, bis er gegen Abend auf ganz silberne Zweige traf. Schnell warf er sein Bündel fort, um sich einen großen Strauß rein silberner Ruten zu schneiden. Er legte noch weitere zweimal hundert Schritte zurück, da fand er goldene Zweige. Also warf er die silbernen Weidenruten zu Boden, um sich goldene zu schneiden. Als er bereits ein tüchtiges Bündel goldener Zweige zusammenhatte, bemerkte er ganz dicht vor seinen Füßen einen Waldbach. An seinem mit dichtem Farnkraut überwucherten Ufer ging er entlang, bis er zur Quelle gelangte. Dort ragte ein großer Felsen empor, aus dem hurtig und heftig ein Wasserstrom hervorschoß – milchweiß vor Schnelle und Ungestüm. Beim Felsen saß ein Mädchen, schön wie eine Sonnenprinzessin. Sobald sich das Wasser ihm näherte, beruhigte es sich, wurde still und klar, bald es in sanfter Welle überspülend, bald es freigebend wie einen Fisch auf dem Ufersand. Ringsumher war es bereits völlig dunkel, nur dort, wo das Mädchen saß, schimmerte es golden.

Der Korbmacher ging auf das Mädchen zu und sagte mit bebender Stimme:

»Ich hab' mich im Wald verirrt und kann den Weg, der mich von hier fortführt, nicht finden...«

Für eine Weile ließ das Mädchen seinen Blick auf ihm ruhn, dann erwiderte es:

»Als du auf die Welt gekommen bist, ist mit Sicherheit ein Stern gefallen, der dir Glück verhieß! Man muß nämlich großes Glück haben, um meine Quelle zu finden. Wer in ihr badet, wird schön wie ich. Dir erlaube ich, in ihrem Wasser unterzutauchen – unter einer Bedingung: daß du keinem ein Wort davon sagst.«

Der Korbmacher schwor, das Geheimnis streng zu bewahren, und stieg ins Wasser.

Nach einer Weile rief das Mädchen aus:

»Komm nun heraus aus dem Wasser und besieh dich in diesem Spiegelchen!«

Der Zigeuner folgte ihrem Ruf und schaute in den Spiegel. »Das bin nicht ich!« rief er.

Aber das Mädchen entgegnete:

»Schön bist du jetzt.«

Und es lächelte dem Korbmacher zu, und der goldene Strahlenkranz um des Mädchens Gestalt leuchtete noch heller, noch goldener.

Zu seinem Erstaunen gewahrte der Korbmacher, daß er prachtvolle Gewänder trug. Als sich sein Erstaunen etwas gelegt hatte, fragte er:

»Fürchtest du dich nicht, allein im Wald zu wohnen?«

»Nein«, antwortete das Mädchen. »Hier kommt sehr selten einmal einer vorbei, und im übrigen kann mir auch keiner ein Leid antun. Ich lebe nur ganz kurz. Gestern bin ich auf die Welt gekommen, und in einem Jahr werde ich zu Schaum und gehe im Wasser auf. Dann ersteht ein anderes Mädchen aus dem Wasser, um sich gleichfalls nach einem Jahr wieder in Schaum zu verwandeln. Und so geschieht es Jahr um Jahr, ohne Ende.«

Den Korbmacher betrübte, was das Mädchen erzählte; denn er hatte das Mädchen liebgewonnen und wollte sich gar nicht mehr von ihr trennen. Und wenn er daran dachte, daß es in einem Jahr schon nicht mehr sein wird und nichts als weißer Schaum auf dem Wasser zerfließen würde, hätte er am liebsten geweint vor Traurigkeit.

»Und kannst du nicht von hier entfliehen und dich einem Mann vermählen?« fragte er.

»Nein«, erwiderte das Mädchen. »Wir können uns nur dem Mann vermählen, der die Quelle der Weisheit findet, aus ihr trinkt und uns von ihrem Wasser zu trinken gibt. Dann werden wir zu Mädchen, die sich nur durch ihre Schönheit von allen anderen Mädchen unterscheiden. Doch es kommt selten vor, sehr selten, daß eine von uns einem solchen Mann begegnet!«

»Wo befindet sich die Quelle der Weisheit?« fragte der Korbmacher.

»Leider weiß ich das nicht!« antwortete das Mädchen.

»Und sei es gar am Ende der Welt,« rief der Korbma-

cher aus, »ich finde die Quelle und komme zu dir zurück, noch ehe das Jahr vergangen ist!«

Das schöne Mädchen lächelte und sprach:

»Geh also. Ich werde mich nach dir sehnen. Und wenn das Glück dir hold ist und du die Quelle findest, dann bring auch mir von ihrem Wasser.«

Sehr betrübt ging der Zigeuner von dannen, ohne zu wissen, ob sein Geschick ihm erlauben werde, das reizende Mädchen noch einmal wiederzusehen. Gelang es ihm nicht, zurück zu sein, ehe das Jahr um war, würde er es an der Quelle der Schönheit nicht mehr vorfinden.

Viele Tage vergingen. Der Zigeuner wanderte durch die Welt, schweifte und irrte in den großen Wäldern umher, doch die Quelle der Weisheit war nirgends zu finden. Er durchquerte Wälder, wanderte auf Wegen und durch unwegsame Gegenden, wanderte über Wiesen und Felder, durch Täler und Höhen, bis er sich endlich in einer Wüstenei wiederfand, wo es weder Bäume noch Gras gab. Die Sonne rollte hier ganz, ganz niedrig dahin, wälzte sich direkt über die Erde hinweg, der sie schwarz ihre Bahn einbrannte. Doch an der Stelle, wo die Sonne bereits erkaltet und untergegangen war, endete die Brandspur im Boden, zeigten sich die ersten Kräuter und Wachholderbüsche, und dahinter sprudelte eine warme Quelle. Ihr Wasser leuchtete wie pures Gold. An der Quelle saß eine dicke, fette Frau und machte ein Nickerchen.

Der schöne Korbmacher kam näher und fragte:

»Kannst du mir sagen, wo die Quelle der Weisheit ist?«

Die Frau erwachte aus ihrem Schlummer, blickte auf den Zigeuner und sagte:

»Was schert mich die Quelle der Weisheit? Hier ist die Quelle des Reichtums! Wer in ihr Wasser eintaucht, wird ein Reicher; denn jeder Stein, den er danach berührt, verwandelt sich in pures Gold ... Ach, wie bin ich hungrig!«

Und die dicke Frau biß sich in die eigenen Arme, die im gleichen Moment noch dicker und fetter wurden. Gierig beleckte sich die Frau, griff nach einem Stückchen Gold, versuchte, es anzuknabbern, doch das Gold war hart und taugte nicht zum Verzehr. Also spuckte sie es aus und sagte:

»Du bist so schön, daß ich dir gern erlaube, in die Quelle einzutauchen, nur darfst du keinem ein Wort davon sagen!«

Der schöne Zigeuner schwor, das Geheimnis wie einen Schatz zu hüten, und tauchte ins Wasser ein. Als er ans Ufer trat, schlief die dicke Frau bereits tief und fest. Der Zigeuner kleidete sich an und begab sich erneut auf die Wanderschaft.

Fast ein Jahr war vergangen, seit er sich von dem schönen Mädchen getrennt, doch die Quelle der Weisheit hatte der Zigeuner noch immer nicht gefunden. Wohin er auch kam, die Leute begegneten ihm freundlich, schmeichelten ihm und sagten ihm lauter nette, angenehme Dinge, und alle Mädchen strahlten ihn an. Doch er schenkte dem allen keine Beachtung, wußte er doch, daß er das bloß seiner Schönheit und der Pracht seiner Kleider zu verdanken hatte. Stets dachte er nur das eine: die Quelle der Weisheit! Jeden, den er traf, fragte er nach dem Weg dorthin, doch niemand konnte ihm sagen, in welche Richtung er gehen mußte, um die Quelle zu finden.

Eines Morgens fand sich der Zigeuner auf einer weiten Wiese und erblickte einen weißen Hirsch mit einem astreichen goldenen Geweih. Langsam trabte der Hirsch auf den nahen Wald zu. Der Zigeuner folgte ihm, und zu Mittag gelangte er in eine Berggegend, wo ihm der Hirsch plötzlich aus den Augen verschwand, spurlos wie Nebel, wenn die Sonne aufkommt.

Weit und breit kein Weg, kein Steg; nicht der kleinste Waldpfad war zu erspähen. Der Zigeuner marschierte auf gut Glück immer der Nase nach, als er unverhofft das leise Rauschen einer Waldquelle vernahm. Als er näher kam, sah er einen Greis an einer Quelle sitzen, deren Wasser, rein und klar wie Frühlingsluft, still und friedlich sprudelte. Der Zigeuner fragte den Greis:

»Ist dies die Quelle der Weisheit?«

»Ja«, antwortete der Greis. »Ich weiß, daß du sie suchst. Trink jetzt von ihrem Wasser und – sei weise!«

Der Zigeuner trank vom Wasser der Weisheit und schöpfte ein wenig in ein goldenes Fläschchen, um es seinem geliebten Mädchen zu bringen, das an der Quelle der Schönheit wartete. Danach nahm er einen großen Stein, verwandelte ihn in pures Gold und wollte es dem Greis schenken, doch dieser lachte und sagte:

»Behalte dein Gold! Wenn ich wollte, könnte ich, von Weisheit geleitet, große Reichtümer erlangen. Aber ich bleibe bei dem, was ich hab', mehr ist mir nicht vonnöten. Zieh in die Welt und lehre die Menschen, weiser zu werden. Vielleicht gelingt es dir!«

Der Zigeuner ging wieder in den Wald hinein, und dank des Weisheitswassers fand er sogleich den kürzesten Weg zurück. Er schritt rasch aus, hielt sich nirgends auf, übernachtete nicht einmal unterwegs, wanderte Tag und Nacht und beobachtete bei seinem Marsch die Länge der Baumschatten, zählte die Tage und Nächte: Das Jahr, das er von seiner Schönen am goldenen Felsen getrennt gewesen war, neigte sich eben seinem Ende zu. Vor Angst, schließlich doch noch zu spät zu kommen, beschleunigte er seine Schritte.

Endlich vernahm er das Rauschen des Waldbachs, der in der Quelle der Schönheit seinen Anfang nahm. Er hastete am Ufer entlang, als er auf einmal einen Streifen weißen Schaums gewahrte, der mit dem Strom floß. Dem armen Korbmacher wankten die Knie. Verzweifelt warf er sich mitten hinein in den reißenden Bach. Gegen die starke Strömung ankämpfend, schwamm er auf die kleine Schaumkrone zu.

Nur ein Schaumstreifchen ist mir von meinem Mädchen geblieben, dachte er und wußte nicht, ob die Wellen des Baches ihm die Augen näßten oder ob das die eigenen Tränen waren. Schon wollte er mit der Hand wenigstens ein paar Tropfen von dem schäumenden Wasser erhaschen, als er plötzlich merkte, daß es nur das Mondlicht war, das sich im Wasser spiegelte. Rasch sprang er ans Ufer und eilte zur Quelle.

Beim Felsen saß wie vor einem Jahr das Mädchen. Es hatte sich nicht verändert, war schön wie eh und je. Nur der leuchtende Schimmer um seine Gestalt war verblaßt und kaum noch zu erkennen. Das Mädchen lächelte dem Zigeuner zu und flüsterte mit mattem Stimmchen:

»Ich habe geglaubt, du kommst nicht mehr wieder; meine Zeit geht eben zu Ende. In wenigen Augenblicken werde ich zu Schaum und verschwinde.«

»Nein, das wirst du nicht«, rief der Zigeuner aus. »Trink!«

Und er setzte ihm das goldene Fläschchen mit dem Wasser aus der Quelle der Weisheit an die Lippen. Leise seufzte das Mädchen auf. Es war der letzte Seufzer der Nymphe. Danach atmete es tief, aus voller Brust. Und das war ihr erster menschlicher Atemzug. Das Mädchen und der Zigeuner fielen einander in die Arme und küßten sich.

Bevor noch die Sonne aufging, flocht der Zigeuner aus Schilf zwei stattliche Körbe, in die sie beide Pilze fürs Hochzeitsmahl sammelten. Dann fertigte er aus Gras für das Mädchen ein grünes Kleid, und am Morgen wanderten sie in die Stadt, um zu heiraten.

Was aus ihnen geworden ist, weiß ich nicht; denn das Märchen endet da, wo sie aus dem Waldesdickicht auf die Landstraße hinausgehen. Aber ich denke, daß sie glücklich miteinander sind und daß der Zigeuner bis heute die Menschen Weisheit lehrt.

Und wenn ich mich so in der Welt umschaue, scheint mir, daß er noch viel Arbeit damit haben wird.

Goldene Schafe

In einer großen Stadt lebte ein reicher und grausamer König. Seine Grausamkeit vermehrte seinen Reichtum; denn er ließ alle vermögenden Leute erschlagen und eignete sich ihre Schätze, ihr Geld und ihre Reichtümer an.

Und als das geschehen war, sprach er zu seinen Untertanen: »Jetzt braucht ihr euch nicht mehr zu streiten. Ihr seid glücklich, müßt euch nicht gegenseitig beneiden; denn keiner von euch hat etwas. Dafür habt ihr alle einen großen, reichen König. Das ist euer wahres Glück! Das ist euer Reichtum!«

Die Untertanen bejahten das im Chor und in demütigster Untertänigkeit; denn hätte einer gewagt, den Worten des Herrschers zu widersprechen, wäre er auf königlichen Befehl unverzüglich hingerichtet worden.

Außer den sonstigen Schätzen, die seine Schatzkammer barg, besaß der König tausend goldvliesige Schafe – ein Schatz, dessen sich kein König sonst auf der ganzen Welt rühmen durfte. Aber niemand vermochte, sie auf der Weide zu halten; stets liefen sie auseinander und kehrten allein nach Hause zurück.

Wenn der König einen Hirten in seinen Dienst nahm, sprach er zu ihm:

»Wenn dir die goldenen Schafe nicht von der Weide laufen und allein nach Hause entwischen, erhältst du meine Tochter zur Frau. Ich habe drei Töchter, eine von ihnen darfst du dir erwählen, und dann wirst du mit mir gemeinsam König sein. Doch wenn es dir nicht gelingt und die Schafe nach Hause laufen, stirbst du eines elendiglichen Todes.«

Viele Hirten hatte der grausame König bereits umgebracht, als ein armer Zigeuner in einem großen Wald von den goldvliesigen Schafen erfuhr. Er packte ein wenig Brot und Fleisch in einen Beutel und machte sich auf den Weg. Nach dem Weg wusch er sich gründlich die Hände und schritt dann weiter tüchtig aus, so weit, bis er zu der großen Stadt kam. Ohne Aufenthalt begab er sich zum König:

»Herr König!« sagte er. »Herr König, ich möchte Eure goldvliesigen Schäflein weiden. Doch müßt Ihr mir dafür Eure Tochter zur Frau geben!«

Der König antwortete:

»Ich habe drei Töchter. Ich geb' dir eine, wenn die Schafe nicht nach Hause laufen. Doch wenn sie das tun, bist du des Todes.«

»Na gut, ich versuch's!« sagte der Zigeuner und trieb die Schafe auf die Weide.

Das sah die jüngste Königstochter, die die schönste von den drei Schwestern war, und dachte bei sich:

Armer Junge! Der grausame König wird auch ihn nicht verschonen. Schade um ihn! Ich muß ihm helfen!

Und sie lief ihm nach auf die Weide und rief:

»Jüngling! Gleich werden dir die goldenen Schafe davonlaufen! Nimm diese Weidenflöte hier und spiel darauf. Wenn du das tust, laufen dir die Schafe nicht weg, sondern halten sich treu und folgsam an deiner Seite. Gib keinem die Flöte, zeig sie auch nicht; und sollte jemand hierherkommen, verbirg sie vor ihm.«

Sie gab dem Zigeuner die Weidenflöte und eilte in den Palast zurück. Mittags schaute der König zur Sonne empor und rief:

»Schon Mittag!«

Danach rief er seine Töchter zu sich.

»Meine Töchter,« sagte er, »die Schafe sind bis zu dieser Stunde noch nicht heimgekehrt. Was ist da geschehen? Du, meine Älteste, geh einmal auf die Weide und schau nach, was mein neuer Hirte macht.«

Die älteste Prinzessin ging auf die Weide und sah alle Schafe friedlich grasen. Darum fragte sie den Hirten:

»Hirte, wie machst du das, daß die Schafe bei dir bleiben?«

Der Zigeuner erwiderte:

»Was ist das schon! Ich bin ganz einfach so stark, daß ich sie nicht weglasse, und basta!«

Erschrocken eilte die Prinzessin in den Palast zurück.

»Dieser Hirte ist so stark, daß er nicht ein Schaf von der Weide entkommen läßt!« rief sie aus.

»Tochter!« sagte der König zu der zweiten. »Sieh doch jetzt du einmal nach, was dieser Hirte treibt.«

Auch die zweite Prinzessin sah alle Schafe friedlich grasen. Folglich fragte auch sie den Zigeuner:

»Hirte, wie machst du das, daß die Schafe bei dir bleiben?«

Und der Hirte gab zur Antwort:

»Was ist das schon! Ich bin ganz einfach so stark, daß ich, selbst wenn das keine tausend Schafe, sondern tausend Ritter wären, diese genauso an Ort und Stelle festzuhalten vermöchte wie jene!«

Erschreckt eilte die Prinzessin in den Palast zurück und sagte zu ihrem Vater:

»Königlicher Vater! Der Hirte hat gesagt, er ist so furchtbar stark, daß er selbst tausend Ritter, nicht bloß tausend Schafe, an Ort und Stelle festzuhalten vermag.«

Diese Worte entsetzten den König dermaßen, daß ihm die Krone zu Berge stand, und er rief aus:

»Meine Jüngste, lauf auch du auf die Weide und schau nach, was der Hirte macht!«

Die jüngste Prinzessin lief auf die Weide und rief lachend:

»Schäferlein! Mein Vater hat furchtbare Angst vor dir. Wenn du mit den Schafen zum Palast zurückkehrst, laß ihn wissen, daß du nichts und niemanden auf der Welt fürchtest. Und mich nimm zur Frau!«

Nachdem der Hirte am Abend die Schafe von der Weide heimgetrieben hatte, sprach er:

»Herr König! Ich habe den ganzen Tag Eure Schafe gehütet, und ich habe mich so gut gehalten wie keiner bisher, gib mir also deine jüngste Tochter zur Frau!«

Die Nacht war bereits angebrochen, und die königlichen Bediensteten wiesen dem Zigeuner eine alte Holzfällerhütte als Schlafstätte an. Er hatte sich gerade auf dem Bett ausgestreckt, das in einer Ecke stand, als die jüngste Prinzessin ans Fenster klopfte. Der Zigeuner öffnete das Fensterchen, und die Prinzessin flüsterte ihm zu:

»Mein grausamer Vater will dich diese Nacht ermorden lassen. Sei auf der Hut, mein Lieber. Hör meinen Rat: Gleich hinter der Hütte liegt ein Ziegenkadaver. Hol ihn her und leg ihn ins Bett, und du selber versteck dich.«

Und der Zigeuner tat, wie ihm die Prinzessin geraten.

Um Mitternacht drangen die Knechte des Königs in die Hütte ein, bewaffnet mit Eisenstangen, und prügelten dermaßen auf die verendete Ziege ein, daß das Bett unter ihr in tausend Stücke zersprang. Worauf sie zu ihrem Herrn zurückkehrten und ihm berichteten.

Nun war sich der grausame König völlig sicher, daß der Zigeunerhirte nicht mehr lebte. Er hüpfte, klatschte in die Hände vor Freude und küßte vor Zufriedenheit das eigene Spiegelbild.

»Ein kluger König! Ein gewitzter König bist du!« gurrte er.

Gewiß wäre er damit fortgefahren, hätte noch inniger und leidenschaftlicher die eigne Schläue gepriesen, doch plötzlich betrat der Zigeuner das Gemach und sagte:

»Da bin ich, Herr König! Nun sagt mir doch mal, warum habt Ihr mich bloß töten lassen wollen? Hm, ich bin so kräftig, daß ich die Schläge mit den Eisenstangen nicht einmal gespürt hab'. Seht her! Doch, was soll's! Gebt mir Eure jüngste Tochter zur Frau!«

Der König erschauerte vor Angst und gab ihm seine jüngste Tochter, um gleich darauf zu fliehen – so sehr fürchtete er den Zigeuner.

Bis auf den heutigen Tag ist der König auf der Flucht. Alle paar Meilen verschnauft er kurz und rennt dann weiter.

Vom Fischer, der Urma und dem Vogel Tscharana

Ein junger Fischer wollte endlich in der Welt sein Glück versuchen. So packte er ein ordentliches Stück Brot und einen Streifen Speck in einen Beutel und machte sich auf den Weg. Als er in den Wald kam, ließ er sich auf einem Baumstumpf nieder, brach von seinem Brot ab, schnitt sich ein bißchen Speck dazu und machte sich ans Essen. Es schmeckte ihm, denn die Sonne stand bereits hoch am Himmel, und das letztemal hatte er früh am Morgen gleich nach dem Erwachen etwas zu sich genommen. Doch er hatte kaum den ersten Bissen hinter sich, als ein schöner Knabe mit zerwehtem Haarschopf hinter einem Baum hervortrat und bat:

»Freund, sei so gut und teil mit mir deine Mahlzeit! Ich bin sehr müde und möchte hier im Wald ein wenig ausruhen.«

Der Fischer gab ihm ein Würfelchen Speck und ein Bröckchen Brot.

Mit Heißhunger verzehrte der Knabe alles; danach sprach er:

»Ich danke dir von ganzem Herzen! Solltest du einmal meine Hilfe brauchen, blase dreimal in diese hölzerne Hirtenpfeife, und ich komme zu dir. Ich bin der König des Windes!«

Mit diesen Worten überreichte er dem Fischer eine Holzflöte und verwehte spurlos.

Der Abend brach herein, als der Fischer ans Ufer eines großen Sees kam. Er setzte sich an den Rand einer Böschung und zog wieder seinen Proviant hervor. Doch kaum führte er sein Speckbrot zum Mund, als er einen schönen Knaben, angetan mit einem leuchtenden Gewand, erblickte. Der Knabe setzte sich neben ihn an den Rand der Böschung und sagte:

»Ich habe heute die ganze Welt durchwandert und keinen Moment Zeit gehabt, einen Bissen zu mir zu nehmen. Gib mir, wenn du kannst, ein Stückchen Brot ab.«

Ohne zu zögern, gab der Fischer dem Knaben ein Häppchen Brot mit Speck. Eins, zwei, drei hatte der Knabe das Mahl verzehrt und überreichte nunmehr dem Fischer eine goldene Hirtenflöte, und zwar mit den Worten:

»Solltest du einmal meine Hilfe brauchen, blase dreimal in diese Flöte aus Gold, und auf der Stelle komme ich zu dir. Ich bin der König der Sonne.«

Nachdem er das gesagt hatte, verschwand der Knabe, und die Nacht brach herein.

Der Fischer legte sich unter einen Baum und schlief ein. Doch kaum hatte er das getan – noch war er nicht dazu gekommen, einen Traum zu träumen –, als ihn ein Geräusch weckte. Der Fischer schlug die Augen auf und erblickte einen Knaben im Silbermantel, welcher hell in der nächtlichen Finsternis schimmerte. Der Knabe aber ließ sich vernehmen:

»Bitte, gib mir zu essen; ich habe noch einen weiten Weg vor mir, und nirgends konnte ich auch nur ein Stückchen Brot finden.«

Der Fischer gab ihm von seinem Brot und seinem Speck. Geschwind verzehrte der Knabe im Silbermantel das Speckbrot und beschenkte danach den Fischer mit einer silbernen Hirtenflöte.

»Solltest du einmal meine Hilfe brauchen«, sagte er, »blase dreimal in diese Flöte aus Silber, und ich werde sogleich erscheinen. Ich bin der König des Mondes.«

Mit diesen Worten entfernte sich der Knabe.

Es war schon Mitternacht, als der Fischer die Böschung hinunterlief und sich so dicht ans Wasser setzte, daß die Wellen seine Füße umspülten. Lange schaute er den Fischen zu, die plätschernd an die Wasseroberfläche sprangen. Da sah er auf einmal ein schönes Mädchen auf sich zu kommen.

»Was suchst du denn hier in dieser Gegend?« fragte es. »Noch nie hat sich ein Mensch hierher verirrt.«

»Ich bin ein armer Fischer«, antwortete er, »und bin in die Welt gezogen, um mein Glück zu suchen.«

»Und hast du das Glück gefunden?« fragte das Mädchen.

Der Fischer musterte die Schöne: Sie trug zierliche Schuhe aus Dotterblumen und ein Blätterkleid. Ihre Wimpern waren so lang, daß sie ihre Wangen überschatteten, und ihre Augen unterschieden sich in nichts von der Schwärze der Nacht.

Also antwortete ihr der Fischer: »Ich denke, ich hab's gefunden.«

Sie unterhielten sich noch lange miteinander, flüsterten und tuschelten die ganze Nacht, und im Morgengrauen, als im Waldesdickicht die Hähne krähten, wußten sie bereits, daß sie sich liebten.

»Woher kommen die Hähne in diesem wilden Wald?« fragte der Fischer. »Du hast doch selbst gesagt, daß es hier nirgends ein menschliches Anwesen gibt.«

»So ist es«, erwiderte das Mädchen. »Aber ich wohne hier. Das sind meine Hähne. Und ich bin eine gute Urma. Ich bringe dich zu meinem Haus. Dort können wir wohnen, wenn du willst, und glücklich sein. Nur eins bedenke: Allnächtlich werde ich das Haus verlassen, und dir wird es nicht erlaubt sein, mich auszufragen noch meinen Schritten nachzuspüren, mich zu belauschen noch zu beobachten.«

Der Fischer ging auf diese Bedingung ein – wie hätte er anders gekonnt? Gewiß wäre er auf noch viel härtere und schwerer zu erfüllende Bedingungen eingegangen, um nur ja das schöne Mädchen, das eine gute Urma war, nicht auf immer zu verlieren.

Zusammen gingen sie mittenhinein ins Waldesdickicht, und bald standen sie vor dem herrlichen Palast der Urma. Auf den Schloßtürmen hockten goldene Hähne. Sie krähten genau zur Krähstunde.

Lange lebte der Fischer mit der Urma in ihrem Palast glücklich und in Freuden. Eines Nachts wälzte er sich schlaflos von einer Seite auf die andre. Der Mond stand im Fenster und schien aus voller Kraft. Plötzlich meldeten sich von den Türmen die Hähne und krähten die nächtliche Stunde. Der Fischer wunderte sich, denn um diese Zeit hatte er sonst stets geschlafen und daher das Krähen noch niemals gehört. In demselben Augenblick sah er, daß sich die schöne Urma in prächtige Gewänder hüllte und ganz leise, auf Zehenspitzen, hinaushuschte. Eins, zwei war der Fischer aus dem Bett und sein Versprechen vergessen. Er eilte seiner Frau nach.

Als er sie endlich erspähte, saß sie auf einem Stein, und bei ihr hockte ein riesiger Vogel, den sie mit ihrer Brust nährte, als wäre er ihr Kind. Erschrocken durch das, was er da sah, sprang der Fischer aus seinem Versteck in den Büschen, um das große Vogeltier zu verscheuchen, doch das umkrallte die Urma und flog mit ihr davon.

Der Fischer kehrte in den Palast zurück, und dort erwartete er im Gemach der Urma ihre Heimkehr. Vergebens. Der Morgen kam, der Tag verging, die Nacht brach herein, aber die schöne Urma kehrte nicht wieder. Darum beschloß der Fischer, auszuziehen und so lange zu wandern, bis er die schöne Urma, die der große Vogel entführt hatte, wiederfand.

Lange, lange wanderte er so durch die Welt, bis er sich schließlich der drei Flöten erinnerte. Er zog die hölzerne Flöte heraus und blies dreimal hinein. Ein Sausen erfüllte die Luft, ein Pfeifen, heftiger Wind kam auf, und es erschien der König des Windes. Er wußte bereits, weshalb ihn der Fischer anrief, und sprach:

»Nein, wo sich deine Frau befindet, kann ich nicht sagen. Das mußt du den König des Mondes fragen.«

Und der König des Windes verschwand in der Luft.

Nunmehr holte der Fischer die Silberflöte hervor und blies dreimal hinein. Da zeigte sich der Mondkönig und sprach:

»Ich habe deine Frau das letztemal in der Nacht gesehen, als du dein Versprechen brachst und sie heimlich beobachtet hast. Du mußt den König der Sonne fragen.«

Kaum war der Mondkönig fort, da blies der Fischer auch schon dreimal in die goldene Flöte. Der Sonnenkönig erschien und sprach:

»Ich weiß, was du von mir willst. Der Vogel Tscharana hält deine Frau gefangen. Wisse, er ist ein Dämon und lebt neunhundertneunundneunzig Jahre, doch muß ihn allnächtlich eine gute Urma mit Milch ernähren. Bekäme er eine Nacht keine Nahrung, würde er den Morgen nicht mehr erleben. Die Urma, die bis vor kurzem noch die Nährerin des Vogels gewesen war, ist ihm mit Hilfe ihres Mannes, dem großen Waldzauberer, entronnen. Nun hat sich Tscharana deine Frau ausersehen, und seitdem ist sie es, die ihn nähren muß. Er hat ihr gedroht, sie zu entführen und sie in seinem unzugänglichen Versteck zu verbergen, falls einer ihr nachspüren sollte. Kein Wunder, daß es Tscharana in jener Nacht, da du erspäht hast, was deine Frau tut, mit der Angst bekommen hat, du könntest sie ihm nehmen. Darum hat er sie entführt und in einen Eisenraum gesperrt. Komm mit mir, ich geleite dich.«

Und er führte den Fischer auf einen hohen Berg.

»Dort, in der Eisenstadt, wohnt der Vogel Tscharana«, sprach er. »Ich sehe eben, daß deine Frau mit sieben Ketten an die Wand geschmiedet ist. Hol meinen Bruder, König Wind, zur Hilfe. Ich werde so glühende Blicke auf die Ketten werfen, daß sie wie Butter dahinschmelzen, und mein Bruder wird eisigen Windhauch blasen, damit die Gefangene mein feuriger Blick nicht verbrennt.«

Der Fischer blies in die Holzflöte, und in demselben Augenblick erschien der König des Windes. Der Sonnenkönig aber begann, auf die Ketten zu starren, mit denen die Urma gefesselt war. Und sein Blick war so heiß, erfüllt von einer solchen Sonnenglut, daß die Ketten aufsprangen und ihr von Händen und Füßen fielen. Gleichzeitig blies König Wind in eisigen Böen. Kälte mischte sich mit Feuerglut, so daß die schöne Urma weder verbrannte noch erfror. Der Fischer wollte zur Eisenstadt eilen, doch König Sonne hatte sie restlos zerschmolzen.

Die schöne Urma eilte dem Fischer entgegen, und sie rief: »O ich Unglückliche! Warum hast du dein Versprechen nicht gehalten und mich belauscht und beobachtet? Was nützt's, daß ich jetzt frei bin? In einer Stunde kommt der Vogel Tscharana hierher zurück, und wenn er sieht, daß ich fort bin, fliegt er uns nach – und er fliegt so schnell wie der schnellste Wind...«

Da sprach der König des Windes:

»Ich lasse alle meine Winde wehen und euch so weit als möglich forttragen. Doch mußt du, Fischer, den Mondkönig bitten, daß er uns zu Hilfe eilt. Möge er euch seinen leichten Mondmantel leihen, auf dem fliegt ihr weit, weit fort von hier.«

Also blies der Fischer in die Silberflöte, und sogleich brachte ihm der König des Mondes seinen silbrigen Mantel.

Der Fischer und seine Urma setzten sich auf den Mondmantel, der sich mit ihnen in die Lüfte hob.

Immer weiter entfernten sie sich von der Eisenstadt. Sie flogen so schnell wie der Blitz, denn alle Winde bliesen aus voller Kraft. Tags leuchtete ihnen König Sonne und nachts König Mond. Mit seinen Riesenschwingen schlagend, setzte ihnen der erzürnte Tscharana nach. Immer schneller flog er, schnabelknirschend, denn er wollte den Fischer zerreißen, sobald er ihn in seinen Fängen hatte.

So auf der Flucht vor dem Vogel Tscharana, der ihnen nachjagte und näher und näher kam, umrundeten sie die Erde dreimal. Bei Anbruch des nächsten Tages spürte der böse Tscharana, wie ihn die Kräfte verließen, denn einen Tag und eine Nacht flog er nun schon, ohne daß ihn die Urma nährte. Er befand sich gerade über dem Meer, als ihm die Flügel lahm wurden und er tot aus der Höhe ins Wasser hinabstürzte.

Die Gefahr war vorüber, der Fischer und die Urma kehrten auf ihr Schloß im Wald zurück und lebten seitdem sehr glücklich. Und obwohl sie die drei Zauberflöten bis heute nicht verloren haben, haben sie niemals mehr in eine von ihnen blasen müssen, weil ihnen nie etwas fehlte zum Glück.

Andrusch und Keschalia

Es war einmal ein armer Junge, der hieß Andrusch. Er wußte nichts von Vater und Mutter, außer dem einen, daß sie lange schon tot waren. Andrusch war also eine Waise, und keiner hatte ihn gern. Die Zigeuner, die ihn ernährten, stießen ihn herum und zwangen ihn zu schwerer Arbeit. Bald mußte er Reisig aus einem fernen Wald herbeischaffen, bald die Pferde mit Moos abreiben oder auch die Radachsen an den Wagen mit Butterpilzen schmieren, damit die Gäule die Wagen leichter ziehen konnten, bald wieder am Fluß die feuergeschwärzten Kochkessel mit Sand scheuern oder die Hunde flöhen. Schlecht erging es Andrusch bei den Zigeunern. Sie trieben ihn zur Arbeit an, als ob er ein Findling wäre, ein seßhafter Zigeuner oder wer weiß was sonst noch.

Und wie er auch arbeitete und sich plagte – sie gaben ihm eine Schüssel Bohnen zu essen. Armer Andrusch! Obwohl eine Waise, war er doch von Fleisch und Blut ein echter Zigeuner, und kein echter Zigeuner nimmt eine Bohne in den Mund. Andrusch, wenngleich sehr hungrig, rührte das Essen nicht an, hockte nur über seiner Schüssel, seufzte, und die Tränen tropften ihm geradewegs in die Bohnen. Davon wurden sie so salzig, daß selbst die Vögel sie nicht wollten, denen Andrusch die Bohnen allabendlich auf die Vogellichtung warf.

Armer Andrusch! Er lief in den Wald, aß Beeren und Wurzeln, um nicht vor Hunger umzufallen; denn schließlich hatte er alle Tage viel Arbeit. Und ohne Kraft – wie sollte er da arbeiten? Er aß also seine Beeren und Wurzeln und blickte nur neidisch auf die anderen Zigeuner, die gebackene Rebhühner und Igel aßen.

Eines Tages lief Andrusch von den Zigeunern fort und zog in die Welt hinaus, weil er hoffte, daß es ihm anderswo vielleicht besser erginge. Und tatsächlich! Er war noch nirgends angelangt, doch schon unterwegs erging's ihm weitaus besser als bisher. Er wanderte durch die Felder und aß Steckrüben und Hirsekörnchen; er wanderte über Wiesen und sog die süßen Kleeblüten aus; er wanderte an Flußufern entlang – und aß Gründlinge, die er auf dem Ufersand fing; er wanderte durch Berge – und machte Jagd auf wilde Ziegen, und wenn er eine erlegt hatte, briet er ihr Fleisch über dem Feuer. Kühn schritt er voran, immer geradeaus, fürchtete nichts und niemanden. Nur um die Parzellen, auf denen Bohnen wuchsen, machte er einen weiten Bogen; denn schön war die Welt, und der Anblick von Bohnen verekelte Andrusch all das Schöne.

So wanderte Andrusch sieben Tage, bis er sich in einem großen Wald befand, in dem hohe Bäume und Felsen emporragten. Noch schien die Sonne über dem Wald. Andrusch schritt mit letzter Kraft; denn er war schon sehr erschöpft!

Als es Nacht geworden und es im Wald schon völlig dunkel war, machte Andrusch halt und hielt Ausschau. Was sollte er mit sich anfangen? Plötzlich sah er zwischen den Bäumen zwei kleine Lichtlein schimmern. Er ging auf sie zu, weil er dachte, daß dies vielleicht die Fensterchen einer Hütte seien. Doch je näher er diesem Leuchten kam, um so weniger glaubte er an Kerzenschein: Weder gelb noch rot wie Feuer war es, sondern grünlich, glühwürmchenähnlich. Als Andrusch ganz nahe heran war, entdeckte er, daß so die Augen eines wunderschönen Mädchens funkelten, das reglos wie eine an dieser Stelle aus dem Boden gewachsene zierliche Tanne auf der Waldlichtung stand. Es winkte dem Jungen und sagte mit einem Stimmchen, das wie Grillenzirpen klang:

»Armer Andrusch! Die Zigeuner haben dir zugesetzt, als wenn du das Kind seßhafter, nicht wandernder Zigeuner seist!«

»Woher weißt du das?« fragte Andrusch erschrocken.

»Ich weiß alles«, sagte das über alle Maßen wunderbare Mädchen. »Ich bin die Zauberin Keschalia. Ich weiß auch, daß du nicht der Sohn seßhafter, sondern vielmehr wandernder Zigeuner bist, und das nicht irgendwelcher, sondern zu dem ruhmreichen Stamm Leila gehörender. Komm mit mir!«

»Tust du mir auch kein Leid an?« fragte Andrusch.

»Nein«, erwiderte Keschalia. »Du wirst mir sieben Jahre dienen, und wenn du deine Pflichten wohl erfüllst, wirst du reich werden wie kaum sonst einer. Dann wirst du dich an deinen Zigeunern rächen können, die so schlecht zu dir gewesen sind.«

Nach diesen Worten führte Keschalia Andrusch in

ihren Palast. Es war Nacht, doch den Weg erhellten Keschalias Augen, so daß Andrusch, ohne auch nur den Blick anzustrengen, Erdvertiefungen und hervorstehenden Wurzeln ausweichen konnte. Sie gelangten zum Palast. Er war ganz aus Gold und Edelsteinen erbaut. Keschalia gab Andrusch zu essen und zu trinken, danach befahl sie ihm, den Sand, der sich in den Schloßgemächern angesammelt hatte, in den Hof hinauszutragen. Doch nicht in Sack oder Kiste hinauszutragen wie üblich, sondern ein winziges Sandkörnchen nach dem anderen.

Die Zauberin erteilte diesen Befehl und verschwand, und Andrusch blieb allein. Er war den Tränen nah und dachte bei sich:

So schön diese Keschalia ist, so schlecht ist sie!

Er wußte nämlich nicht, daß die allerschlimmsten gerade die allerschönsten Keschalias sind. Und er dachte noch:

Mein Los ist es offenbar, daß ich niemals loskomme von schwerem Dienst – weder bei Menschen noch bei Zauberern!

Was sollte er tun? Seufzend machte er sich an die Arbeit. Er trug Sandkorn um Sandkorn in den Hof hinaus, lief sich die Füße wund, doch der Sand im Palast nahm kein bißchen ab. So vergingen sieben Jahre.

Eben kehrte Andrusch in den Palast zurück, um ein neues Sandkörnchen zu holen, da sah er auf einmal, daß sich der Sand bewegte und das unterirdische Ungeheuer Pchuwusch daraus hervorkroch. Es hatte sich unter Keschalias Palast ein Loch gegraben und war auf diese Weise in sein Inneres gelangt. Pchuwusch war Keschalias ärgster Feind, der ihr zu schaden versuchte, wo es nur irgend ging. Er war es gewesen, der den Sand in den Palast gebracht und mit ihm die schönsten Gemächer zugeschüttet hatte. Pchuwusch krabbelte also auf den Sandberg hinauf, und er sah aus wie ein großer Maulwurf mit Menschenkopf. Er schaute auf Andrusch herunter und sagte:

»Sieben Jahre sind vorüber, dein Dienst bei Keschalia geht zu Ende, und es kann keine Rede davon sein, daß es dir gelungen ist, allen Sand von hier zu entfernen. Keschalia wird sehen, daß du nicht getan, wie dir geheißen, und dir zur Strafe statt Schätzen einen Sack voll Sand geben und dich von hier fortjagen. Wenn sie kommt, um das zu tun, stampf nur dreimal mit dem Fuß auf und ruf laut die beschwörenden Worte: ›Cirkusch-pirkusch-pchuwarusch‹. Das rat' ich dir.«

Nach diesen Worten grub sich Pchuwusch wieder in den Sand ein, der sich in dem Gemach angesammelt hatte, und sofort war es wieder mehr Sand als zuvor. Höher war der Sandberg, viel höher als selbst vor sieben Jahren noch, da Andrusch seine Arbeit hier aufgenommen hatte.

Abends erschien Keschalia. Als sie sah, daß in sieben Jahren der Sand nicht nur nicht ab-, sondern sogar noch zugenommen hatte, wurde sie zornig und rief:

»Hinweg mit dir! Nimm dir zur Belohnung einen Sack Sand, und fort aus meinen grünen Augen!«

Und sie gab Andrusch einen großen schweren Sack voll Sand. Bekümmert nahm Andrusch den Sack mit Sand und wollte schon fortgehen, als er sich Pchuwuschs Worte erinnerte. Also rief er:

»Cirkusch-pirkusch ...«, und stockte, das dritte Wort der Zauberformel war ihm entfallen.

Die böse Keschalia schnaubte vor Wut. Ihre Augen funkelten so glühend heiß, daß der Sand schmolz und zu Glas wurde. Andruschs Füße waren in diesem Glas gefangen; er konnte sich nicht von der Stelle rühren. Doch er gab nicht auf.

»Cirkusch-pirkusch-tralalalusch!« rief er. Aber es geschah nichts; denn es mußte nicht »tralalalusch«, sondern ganz anders heißen. Der Palast erbebte bis in die Grundmauern, und Keschalia entbrannte in noch größerer Wut. Der arme Andrusch glaubte, nun sei alles verloren, denn selbst wenn er sich jetzt an den Zauberspruch erinnerte – er konnte nicht mehr mit dem Fuß aufstampfen, die Schuhe staken in dem ausgeschmolzenen Sand. Doch in diesem Augenblick steckte Pchuwusch seine Nase aus dem Sand, flüsterte »pchuwarusch« und tauchte wieder hinab in seine unterirdischen Gefilde.

Schnell sprang Andrusch aus seinen Schuhen, die sich nicht von der Stelle rühren wollten, stampfte dreimal mit dem bloßen Fuß auf und rief:

»Cirkusch-pirkusch-pchuwarusch!«

Im selben Augenblick ergraute Keschalia urplötzlich, ihr Gesicht überzog sich mit Runzeln, und der grüne Glanz ihrer Augen erlosch. Die Erde tat sich unter ihr auf, und sie versank zusammen mit ihrem ganzen Palast. Andrusch blickte sich um und sah sich auf einer Lichtung inmitten eines großen dichten Waldes, einen Sack mit Sand in der Hand. Aber was war das? Durch den Zauberspruch hatte sich der Sand im Sack in pures Gold verwandelt! Andrusch wollte sich den Sack über die

Schulter werfen und sich auf den Weg machen, doch das Gold war so schwer, daß er es keinen Schritt zu tragen vermochte.

»Zum Teufel!« rief er. »Allein der Teufel weiß, was damit anfangen.«

Und siehe, da erschien der Teufel vor ihm, warf sich den Sack über die Schulter und sprach:

»Ich werd' dir helfen, aber zuerst iß diese Bohnen, die ich dir hier in der Schüssel mitgebracht hab'. Erst wenn du alles aufgegessen hast, bring' ich dir deine Schätze, wohin du nur willst.«

Wie Andrusch erschrak! Nicht den Teufel fürchtete er, sondern die Bohnen. Er warf sich in die Flucht, ließ den Teufel und den Sack Gold hinter sich zurück. Lieber wollte er allen Reichtum fahrenlassen und eine arme, obdachlose Waise bleiben, als Bohnen essen.

Bis heute wandert er durch die Welt, ißt Steckrüben und Hirsekörnchen auf den Feldern, saugt die süßen Kleeblüten aus, fängt sich fette Gründlinge an den Flüssen und macht in den Bergen Jagd auf wilde Ziegen. Und er fühlt sich wohl dabei – mehr braucht er nicht.

Von der Rose und dem armen Spielmann

Es lebten einmal ein König und eine Königin. Ihnen fehlte es an nichts, weder an einem goldenen Dach über dem Kopf noch an Speise und Trank oder anderen Kostbarkeiten. Anfangs waren sie fröhlich und glücklich, doch bald wurde die Königin traurig und der König mißmutig; denn sie bekamen keine Kinder und wollten doch so schrecklich gerne welche haben. Die Königin bat den Fluß und den Wind und das Feuer ihrer Feuerstelle, ihnen doch ein Kind zu schicken, doch all das Bitten half nichts.

Endlich führten Vögel sie zu einer alten Frau, die sich in mancherlei Zauber auskannte – bösem wie gutem. Diese bat die Königin um Rat. Die alte Frau sagte:

»Das ist gar nicht so leicht, meine Königin. Wenn du eine Tochter haben willst, kann ich dir helfen. Für einen Sohn weiß ich keinen Rat. Geh Donnerstag nacht kurz vor der zwölften Stunde allein auf den Friedhof und pflücke dort Beeren vom Holunderstrauch, der auf einem Grab wächst. Bring die Beeren nach Hause, und nach drei Tagen verbrenne sie. Dann nimm das Haar eines Mädchens, das sieben Jahre, sieben Monate, sieben Wochen und sieben Tage alt ist, gib dieses Haar zur Holunderbeerasche und koch es in einem Topf zusammen mit Stechapfelsamen. Iß diesen Brei, und du wirst eine Tochter gebären. Danach gibst du sie zu mir in die Zauberlehre.«

»Nein«, sagte die Königin. »Für keinen Schatz der Welt will ich dir meine Tochter geben. Hier hast du hundert Taler für den guten Rat, aber nichts mehr.«

Die Zauberin nahm die Taler, beschloß aber in der Tiefe ihrer Seele, die Königin zu strafen. Die Königin aber kehrte auf das Schloß zurück und tat alles, wie das Weib ihr geraten.

Anderntags wurde der Königin statt einer Tochter eine herrliche Rosenblüte geboren, und die Rosenblüte flatterte wie ein Schmetterling zum Fenster hinaus und setzte sich auf einen Rosenstrauch. Der König eilte zusammen mit der Dienerschaft in den Garten und wollte die Blume pflücken – doch nichts da! Niemand war imstande, das zu tun, so fest war die Rose am Zweig angewachsen, und sie wehrte sich mit spitzen Dornen.

Erzürnt lief der König zur Königin und sagte:

»Einer gewöhnlichen Frau werden, wie sich's gehört, Kinder geboren und nicht irgendwelche Rosen. Du bist, wie man sieht, eine Hexe, ich aber denke nicht daran, an der Seite einer Hexe zu leben noch auch nur im selben Land mit ihr zu wohnen. Ich verjage dich daher aus meinem Königreich! Hinfort mit dir!«

Die Königin mußte das Schloß verlassen und weit fort in die Verbannung gehen. Zuvor aber ging sie noch einmal in den Garten hinaus, trat weinend zum Rosenstrauch und küßte ihr Röschen.

Da erglänzte auf dem Grunde der Blüte ein Tautropfen, und zugleich ließ sich ein ganz feines Stimmchen, halb Klang, halb Rosenduft, vernehmen:

»Nicht weinen, Mama. Trink dieses Tautröpfchen, das da auf meinen Blütenblättern glitzert, und überall auf deinem Weg, wohin immer du dich auch wenden wirst, findest du Nahrung, und der Hunger bleibt dir fern.«

Mit Tränen in den Augen erfüllte die Königin den Wunsch ihres Rosentöchterchens, trank das silberne Tröpfchen und wanderte dann in die weite Welt hinaus.

Nach langer Wanderschaft fand sie sich im Wald bei einem verlassenen Dachsbau. Da sagte sie sich: Hier will ich bleiben. Ich will keinem begegnen, keine Menschen sehen; besser, ich bleibe in dieser Einöde hier.

Sie sammelte Moos und Gras, polsterte den Bau aus, um darin wohnen zu können. Jeden Morgen fand sie am Eingang zum Bau Speise und Trank vor, so daß sie niemals darben mußte. Doch Schmerz und Trauer hatte sie mehr als genug.

Obwohl es im ganzen Wald keinen einzigen Menschen gab, fand sich schließlich doch jemand, der die Königin besuchte, um sie zu trösten und aufzuheitern. Dieser Jemand war ein Bär. Erst kam er allein, später mit seiner Frau und ihren kleinen Bärchen. Die Tiere waren ganz zutraulich, hüpften und tanzten so drollig, daß die arme Königin oft unfreiwillig lachen mußte und für ein Weilchen ihr Unglück vergaß. Die Vögel sangen ihr ihre schönsten Lieder, und rings um die Höhle erblühten die buntesten Blumen.

So lebte die Königin lange Monate und Jahre im Wald, ohne zu wissen, was in ihrem Königreich vor sich ging oder was aus ihrem Töchterchen Rose geworden war.

Die Rose aber blühte unterdessen im königlichen Garten ohne Unterlaß – Frühling und Sommer, Herbst und Winter. Weder Schnee noch Frost töteten die rote Blüte. Oft besuchte sie der König, um sich an ihrer Schönheit zu weiden, doch jedesmal, wenn er sich der Rose näherte, rollte diese ihre Blütenblätter ein, welkte und hing schlaff vom Zweig.

Das betrübte den König. Einmal, als er wieder traurig bei ihr stand, seufzte er und murmelte seufzend vor sich hin:

»Wenn ich doch bloß wüßte, warum das Röschen welkt, sobald ich mich ihm nähere...«

Da hörte er ein feines Stimmchen sagen:

»Du hast meine Mutter aus dem Land getrieben, und jetzt muß die Arme durch die Wälder irren und in einem verlassenen Dachsbau leben. Wenn du dich besserst und meine Mutter zurückholst, werde ich bei deinem Anblick nicht mehr welken, sondern dich lieben, wie eine Tochter ihren Vater liebt.«

Kaum hatte der König die Worte des Röschens vernommen, als er unverzüglich seine Leute in alle Himmelsrichtungen aussandte, die Königin zu suchen und auf dem schnellsten Wege heimzubringen.

Sie suchten sie in der ersten Himmelsrichtung und fanden sie nicht. Sie suchten sie in der zweiten Himmelsrichtung und fanden sie nicht. Sie suchten sie in der dritten Himmelsrichtung und fanden sie nicht. Sie suchten in der vierten Himmelsrichtung und – fanden sie: Also brauchten sie sie in einer fünften Richtung nicht mehr zu suchen, sondern nur noch aufs Königsschloß zu bringen.

Der König bat die Königin um Verzeihung, und sie verzieh ihm, und im Palast des Königs zog ein glücklicheres Leben ein. Doch vollkommen glücklich war es nicht; denn statt einer anmutigen Tochter, die dem König und der Königin das Leben verschönt hätte, blühte ihnen nur eine rote Rose. Und sie blühte jetzt schöner als je zuvor, welkte auch nicht mehr, wenn der König auf sie schaute.

Mit der Zeit drang die Kunde von der wundervollen königlichen Rosentochter in alle Welt, und Menschen fanden sich in Scharen ein, um die ungewöhnliche Blume zu sehen. Hohe Herren und sogar richtige Könige eilten herbei, um der Rose kostbare Geschenke darzubringen. Ein König legte ein goldenes Spiegelchen unter den Rosenstrauch, glaubte er doch, die Rose werde in den Spiegel schauen und sich auf der Stelle in ein Mädchen verwandeln. Doch sie hörte nicht auf, eine Blume zu sein. Ein anderer König schenkte der Rose einen goldenen Kamm. Aber sie hörte nicht auf, eine Blume zu sein. Der dritte König verehrte der Rose eine große Schachtel voller Törtchen und Konfekt – sie blieb eine Blume. Denn eine Blume braucht weder in den Spiegel zu sehen noch Süßigkeiten zu essen, na, und sie hat keine Haare, die man mit einem goldenen Kämmchen kämmen könnte. Das Röschen blieb, was es war, und verwandelte sich ganz und gar nicht. Der König fragte Zauberer um Rat, bat gute und böse Urmas um Hilfe, wobei er ihnen reichliche Belohnung versprach, wenn sie die Rosenblüte in ein Mädchen verwandeln würden.

Doch keiner, nicht einmal der Wojewode der Zauberer persönlich, konnte das vollbringen.

Eines Tages betrat ein junger Spielmann den königlichen Garten. Es war ein armer Zigeuner, der mit seiner Geige ein Stückchen Brot zu verdienen versuchte, und wenn ihm das nicht gelang, nährte er sich von der Musik allein. König und Königin schauten eben aus dem Fenster, als der Spielmann in den Garten kam.

Sie hörten auch, was er sagte. Und das war:

»Ach, was für eine wundervolle Rose! Schade wär's, sie abzupflücken, doch küssen muß ich sie wenigstens.«

Und er küßte die Rose. Dann setzte er sich neben sie ins Gras und begann, auf seiner Geige ein so trauriges Lied zu spielen, daß dem König und der Königin die Tränen kamen und aus der Blume zwei funkelnde Tropfen auf die Erde rollten.

Und in diesem Augenblick flatterte die Rose vom Zweig und verwandelte sich in ein liebliches Mädchen, das den Spielmann umarmte und küßte und zu ihm sprach:

»Hätte mir einer schon vor Jahren so aufgespielt wie du, ich wäre längst ein Mädchen. Aber es tut mir nicht leid, daß ich so lange gewartet habe; denn ich habe ja auf dich gewartet!«

König und Königin und alle Menschen im ganzen Land freuten sich wie nie zuvor. Der Spielmann aber blieb im Schloß und heiratete später die bezaubernde Prinzessin.

Bis heute nennt er sie sein Röschen.

Vom Teufel und den sieben Brüdern

Es waren einmal sieben Brüder. Sie lebten zusammen mit ihrem schönen Schwesterchen in einer Hütte am Waldrand. Musikanten waren sie mit Leib und Seele, und daher spielten sie auf Hochzeiten und Taufen in der ganzen Umgebung. An den Festtagen waren sie satt, doch an den Wochentagen fielen sie beinah vor Hunger um.

Eines Tages saßen sie wieder in ihrer Hütte beisammen und zerbrachen sich den Kopf darüber, was sie tun konnten, um aus dem Elend herauszukommen, als plötzlich jemand an die Tür pochte.

»Herein!« riefen die Brüder.

Und die Stube betrat ein Mann in langem Mantel. Der sagte: »Ich weiß, daß ihr zu Geld kommen möchtet, doch wißt ihr nicht, wie ihr das anstellen sollt. Ich geb' euch einen Rat. In einer Nacht will ich ein prächtiges Schloß für euch errichten und euch so viele kostbare Schätze geben, daß ihr die Reichsten im ganzen Land werdet. Dafür müßt ihr mir versprechen, daß eure Schwester nicht heiratet. Das ist meine Bedingung.«

Die Brüder versprachen es feierlich und bewirteten den Fremden mit einem Stück Brot und einem Streifchen Speck, weil sie nichts Besseres hatten.

Inzwischen war die Nacht vorübergegangen, und hinter dem Fenster dämmerte es. Da führte der Besucher die sieben Brüder hinaus, zeigte ihnen ein herrliches Schloß, dessen Türme bis in die Wolken aufragten, und sprach: »Seht, das Schloß steht schon bereit! Ihr könnt einziehen.«

Mit diesen Worten verschwand der fremde Mann.

Die sieben Musikanten zogen mit ihrer Schwester in den Palast, wo sie Schätze und Kostbarkeiten in Hülle und Fülle vorfanden. Jetzt begann das fröhliche Leben. Bald besaßen sie eine Menge Freunde, und ihre Nachbarn besuchten sie häufig und vergnügten sich gemeinsam mit ihnen in den Schloßgemächern.

Einmal geschah es nun, daß sich die Schwester der Musikanten in einen Gast, der zu einem Fest aufs Schloß gekommen war, verliebte. Jener Jüngling wollte sich mit ihr vermählen. Vergeblich flehten die Brüder sie an, doch keine Ehe einzugehen, wenn sie nicht wollte, daß großes Unglück auf die herabfiele. Doch die Schwester blieb hartnäckig bei ihrem Vorhaben, und nichts konnte sie davon abbringen.

Die Hochzeit wurde bekanntgemacht. In Scharen trafen die geladenen Gäste auf dem Schloß ein, und eine feierliche Trauung fand statt.

Da erschien der Mann im langen Mantel, rief die sieben Brüder zu sich und sagte:

»In nicht einmal einer Nacht habe ich euch diesen herrlichen Palast erbaut und gemacht, daß ihr von einem

Tag zum anderen reiche Männer wurdet. Und ihr? Ihr habt euer Versprechen nicht gehalten und habt eurer Schwester gestattet, die Ehe einzugehen. Wißt also, wer ich bin! Ich bin der Teufel und werde euch alle bestrafen. Eure Schwester wird ein Ziegenböckchen gebären, das nur Gold und Silber fressen soll! Das ist meine Strafe!«

Nach diesen Worten verschwand der Teufel, und die Geschwister kehrten zu ihren Gästen zurück. Doch konnten sie sich nun nicht mehr freuen, nicht singen, ja sich nicht einmal mehr unterhalten; denn der Gedanke an das goldfressende Ziegenböckchen, das auf die Welt kommen sollte, vergiftete ihnen alle Freude.

Die Zeit verrann in Traurigkeit. Zum Osterfest gebar schließlich die Schwester der sieben Brüder das Ziegenböckchen. Vom ersten Moment an konnte es nach Menschenart sprechen und durch den ganzen Palast springen, und wo es etwas aus Gold oder Silber fand, verzehrte es diese Gegenstände wie den schönsten Leckerbissen mit größtem Appetit. Schon nach wenigen Tagen gab es im ganzen Schloß kein Körnchen Gold, kein Bröckchen Silber mehr. Das gefräßige Ziegenböckchen hatte längst alles verspeist.

Die Brüder mußten jetzt ihre Pferde, Kutschen, Ochsen, ja selbst das zum Schloß gehörige Land veräußern, um Gold und Silber für das Böckchen mit dem Riesenappetit zu kaufen.

Eines Tages sprach das Ziegenböckchen zu den sieben Brüdern: »Versucht nur einen Tag lang, mir nichts zu fressen zu geben, und ihr werdet sehen, was mit euch passiert! Ich fresse euch alle nach und nach auf, obwohl ihr nicht aus Gold, ja nicht einmal aus Silber seid. Und so werde ich einen nach dem anderen verspeisen, solange sich keiner findet, der mich erlöst!«

Nach einiger Zeit fiel den Brüdern auf, daß das Böckchen jede Nacht hinauslief und in der Dunkelheit verschwand. Sie fragten daher ihre Schwester:

»Weißt du nicht, wohin dein Söhnchen jede Nacht rennt?«

»Ich hab' es einmal danach gefragt,« antwortete die Schwester, »doch zur Antwort hat es mich dermaßen mit seinen Hörnchen gestoßen, daß mir die Luft wegblieb. Ein zweites Mal hab' ich es nicht mehr gefragt, wohin es Nacht für Nacht läuft. Und um keinen Schatz der Welt werd' ich es wagen!«

So gingen die Brüder zum Mann ihrer Schwester, dem Vater des gefräßigen Böckchens, und fragten ihn:

»Weißt du nicht, wohin dein Söhnchen jede Nacht rennt?«

»Ich hab' schon manchmal darüber nachgedacht«, antwortete dieser. »Einmal hab ich es sogar gefragt, doch dafür hat es mich mit seinen Teufelshörnchen dermaßen gerammt, daß ich zu Boden stürzte und alle Sterne des Himmels gesehen habe. Ein zweites Mal frag' ich nichts mehr, obwohl ich nicht die blasseste Ahnung habe, wohin es ihn allnächtlich treibt. Wenn ihr's herausbekommen wollt, fragt ihn selber. Vielleicht erhaltet ihr eine Antwort ... Ich sag' euch nur das eine: Wenn eure Schwester noch einen Ziegenbock zur Welt bringt, geh' ich für immer von hier fort und verlasse euch alle!«

Die Brüder wurden sehr traurig, und sie beschlossen, dem Böckchen aufzulauern. Als es nachts nach draußen lief, liefen die Brüder hinterher und sahen, daß das Böckchen alles Gold und Silber, das es den Tag über gefressen hatte, wieder ausspie und es tief in der Erde verscharrte. Auch hörte sie, wie das Böcklein zu sich selber sprach:

»Wenn meine Eltern und Onkel wüßten, wo ich alles Gold und Silber, das ich fresse, verstecke – sie brauchten sich überhaupt nicht zu grämen! Doch darf ich es ihnen nicht gestehen, weil mich sonst der Teufel sofort in die Hölle entführen und wie auf einem Pferd auf mir reiten würde!«

Das Böckchen sprang davon, die Brüder aber kamen aus ihrem Versteck hervor und begannen, an der Stelle zu graben, wo das Böckchen Gold und Silber verborgen hatte. Bald hatten sie die verscharrten Schätze wiedergefunden, Schätze in Hülle und Fülle, alles was das Böckchen seit seiner Geburt verzehrt hatte. Sie nahmen einen großen Teil der Schätze an sich und brachten sie nach Hause. Seit dieser Zeit waren sie aller Sorgen ledig; denn sie konnten jetzt das Tier mit dem aus der Erde geholten Gold und Silber füttern.

Nach einer gewissen Zeit gebar die Mutter des Ziegenböckchens ein niedliches Mädchen. Große Freude herrschte auf dem Schloß! Alle schlossen die Kleine sofort in ihr Herz. Doch am zärtlichsten und sorgfältigsten bewachte das Böckchen die kleine Schwester, hütete sie Tag und Nacht, ließ sie keinen Moment aus den Augen. Nur in der Nacht lief es für ein kleines Weilchen davon, um wie gewöhnlich das tagsüber gefressene Silber und Gold auszuspucken und in der Erde zu verscharren.

Die Jahre gingen dahin, und aus dem kleinen Mädchen wurde ein hübsches kleines Fräulein, das mit seinem Brüderchen ganze Tage im Wald umhertollte.

Einmal hörte es das Brüderchen weinen. Das stand am Zaun und sagte unter Tränen:

»Ach, wie glücklich doch mein Schwesterchen ist! Es ist ein Mensch, und alle Menschen lieben es, ich häßlicher Ziegenbock aber bin keinem vonnöten! O wenn ich wüßte, daß man mich erlösen und zum Menschen machen kann, gewiß ginge ich zu König Nebel und bäte ihn um Rat. Doch ich darf meinem Schwesterchen nichts davon erzählen, weil mich sonst der Teufel holt und auf mir wie auf einem Pferd reitet!«

Das schöne Mädchen hörte die Klage des Böckchens, und als dieses vom Zaun fortsprang, lief es ihm nach und sagte:

»Liebes Brüderchen! Es ist ein wahres Unglück, daß du das Aussehen eines Böckleins hast. Wärst du ein Mensch – für dich wär's besser wie für uns alle! Ich gehe zum König Nebel und hole mir Rat.«

Verwundert fragte das Böckchen:

»Und welchen Rat soll dir König Nebel geben?«

Das Schwesterchen begann zu erzählen:

»Ich hatte einen überaus seltsamen Traum: Ich sah König Nebel, der mir sagte, ich solle zu ihm kommen, damit er mir offenbare, wie ich dich erlösen könne. Morgen mach' ich mich auf zum Haus König Nebels, und wenn ich zurückkomme, befreie ich dich von deiner Ziegengestalt, und erst dann werden wir alle wirklich froh und glücklich sein!«

Gerührt meckerte das Böckchen:

»Geliebtes Schwesterchen, auch ich will dir einen Rat

mit auf den Weg geben: Wenn du einem Menschen oder einem Tier begegnest, kurz jemandem, der dir mit seinem Rat dienen möchte, schau dir zuallererst seinen linken Fuß an. Wenn der ganz und gar verhüllt ist oder einem Gänsefuß ähnelt, folge dem Rat nicht, den man dir gibt. Denn denke dran: Welche Gestalt der Teufel auch immer annehmen mag, stets hat er links einen Gänsefuß! Auf ihn zu hören bedeutet für dich den Untergang!«

»Ich werde deinen Rat befolgen und deine Warnungen beachten, lieber Bruder«, sagte das Mädchen. »Und noch heute mache ich mich zu König Nebel auf den Weg.«

Ohne Zögern gingen sie beide zu ihren Eltern und ihren sieben Onkeln und unterrichteten sie von ihrem Vorhaben.

Und das Mädchen zog in die Welt hinaus.

Nach langer, beschwerlicher Wanderschaft begegnete ihm ein hinkender Fuchs, der das Mädchen fragte:

»Wohin geht Ihr, schönes Fräulein?«

»Zu König Nebel«, antwortete es.

»Ich werd' dich hinbegleiten«, sagte der hinkende Fuchs. »Geh mit mir!«

Laut lachend sagte das Mädchen:

»Ich brauche keinen Hinkefuß als Führer. Ich gehe schnell und kann nicht alle paar Schritte auf dich warten. Geh du allein, und ich geh allein, und allein find' ich auch den Weg zu König Nebel.«

Der hinkende Fuchs verschwand, und das schöne Mädchen setzte seinen Weg fort.

Plötzlich flog ein Rabe herbei, hockte sich auf einen Ast und schnarrte:

»Guuuten Taggg, du bist wirrrklich schööön wie eine Prrrinzessin! Guuuten Taggg. Wohin wanderrst du?«

»Zum König Nebel«, antwortete das Mädchen.

»Das trrrifft sich guuut!« krächzte der Rabe. »Ich fliege grrrade zu ihm, um ihm ein Geschenk zu brrringen, von meinem Herrrn, Kööönig Nacht. Wenn du dorrrt hinfinden willst, schliiieß dich mirrr an, ich fliege und brrringe dich!«

Das Mädchen musterte den Raben und bemerkte den Gänsefuß. Es sagte deshalb:

»Flieg, wohin du willst. Ich brauche deine Hilfe nicht, den Weg zu König Nebel finde ich allein.«

Krächzend flog der Rabe davon, und das Mädchen setzte sich unter einen Baum, um ein wenig auszuruhen.

Da nahte, von vier Rappen gezogen, eine Kutsche. Ein schöner junger Herr lehnte sich zum Fenster hinaus und befahl dem Kutscher zu halten. Zu dem Mädchen sagte er:

»Wohin des Wegs, mein schönes Fräulein?«

»Zu König Nebel«, antwortete das Mädchen.

»Ihr seht sehr müde aus,« sagte der schöne Herr, »und bis zu König Nebel ist es noch sehr weit. Steigt zu mir in die Kutsche, ich fahre eben in diese Richtung, komme sogar an König Nebels Haus vorbei und bringe Euch gerne dorthin.«

Das Mädchen musterte aufmerksam den schönen jungen Herrn und gewahrte, daß dessen linker Fuß mit einem schwarzen Tuch umwickelt war. Es sagte darum:

»Wie ich sehe, habt Ihr einen kranken Fuß, da möchte ich Euch nicht beschwerlich fallen. Fahrt ruhig weiter: Ich reise nicht gern in Gesellschaft von Kranken.«

Kaum hatte es diese Worte ausgesprochen, als der Herr die Pferde antrieb und die Kutsche wie der Wind davonbrauste. Einen Augenblick später war nichts mehr von ihr zu sehen. Das Mädchen aber ging weiter, immer geradeaus, bis es an den Fuß eines hohen Berges gelangte. Dort flog ihm zur Begrüßung eine weiße Taube entgegen, ließ sich auf der Schulter des Mädchens nieder und fragte:

»Wohin willst du, schönes Fräulein?«

»Zu König Nebel«, antwortete das Mädchen.

»Nun, dann geh diesen Pfad entlang, immer geradeaus, und schon bald wirst du im Hause König Nebels sein«, sagte die Taube.

Das Mädchen betrachtete aufmerksam die Taube – und siehe da, sie hatte zwei Füßchen, wie sich's gehörte, und keines erinnerte an einen Gänsefuß. Also sagte es:

»Ich danke dir, liebes Täubchen! Ich werde gehen, wie du mir geraten hast.«

Die Taube winkte mit dem weißen Flügel zum Abschied und flog davon; das Mädchen aber ging und ging, bis es sich auf einmal in einer Gegend befand, wo man nichts sah außer dichtem, weißem Nebel. Durch den Nebel schimmerte ein schwacher Glanz, und bald stand das Mädchen vor dem Eingang zu einer Höhle, in der ein großes Feuer brannte. Um das Feuer herum lagen müde Wölfe. Als sie das Mädchen erblickten, sprangen sie auf und heulten fürchterlich. Da trat ein Greis, den grauen Star des Nebels auf den blinden Augen, aus der Höhle:

»Ich weiß, wozu du hergekommen bist. Du möchtest deinen Bruder, das Ziegenböckchen, erlösen. Höre also: Nimm ein Kesselchen mit von in Waldspinnweben gesammelten Tautropfen; stell es aufs Feuer, bring es zum Kochen und reib mit der Flüssigkeit deinen Bruder ein: Er wird sich sogleich in einen schönen Jüngling verwandeln.«

Das Mädchen dankte König Nebel aufs anmutigste und machte sich auf den Heimweg.

Kaum zu Hause angekommen, tat es, wie ihm König Nebel geraten. Und seht euch das an! Das Böckchen wurde zu einem schönen Jüngling!

Und mit diesem Wandel vollzog sich ein weiterer glücklicher Wandel: Traurigkeit wurde zu Freude.

Die Erschaffung der Welt

In alten, uralten Zeiten gab es noch keine Welt, nur ein großes Wasser. Gott Baro langweilte das immerwährend rauschende Wasser ohne jedes Ufer oder auch nur das allerwinzigste Inselchen. Darum dachte Gott Baro bei sich, daß es lohnte, irgendeine Welt zu schaffen, doch er wußte weder, wie man das machte, noch, wie diese Welt sein sollte. Dennoch machte sich Gott Baro ans Werk, versuchte es so und anders, und vielleicht wäre ihm dabei endlich etwas gelungen, aber er hatte keine Lust mehr, einen Finger zu rühren. Trübsinnig und gelangweilt saß er an der frischen Luft, ohne Bruder und selbst ohne Freund, mutterseelenallein auf der Welt – nicht eben lustig! Nur manchmal verscheuchte er ein Wölkchen, das ihm direkt unter die Nase geflogen war.

Die Einsamkeit fraß an Gott Baro – bis er schließlich zornig seinen Stab von sich schleuderte, auf den er sich bei Wolkenwanderungen zu stützen pflegte. Der Stab flog aus Gott Baros Hand geradewegs ins Wasser, das sich überall ausbreitete und ohne Anfang und ohne Ende war.

Das Wasser fing an zu brodeln, und plötzlich wuchs an der Stelle, wo der Stab eingetaucht war, ein riesiger, grüner, weitausladender Baum empor. Nur einer seiner Äste war trocken. Auf ihm hockte ein seltsames Geschöpf – hellhaarig und struppig. Das war der Teufel persönlich, der erste seines Geschlechts.

Gott Baro anlächelnd, sprach er:

»Guten Tag, liebes Brüderchen. Du hast weder Bruder noch Freund: Ich werde dir Freund und Bruder sein!«

Hocherfreut erwiderte Gott Baro:

»Fein. Sei mein Freund, aber nicht mein Bruder; ich bin doch der einzige. Wer hätte je gehört, daß Gott einen Bruder hat?«

Sie freundeten sich also an, und zehn Tage lang paddelten sie auf dem großen Wasser in einem Boot umher, das der Teufel aus dem trockenen Ast des Riesenbaums gezimmert hatte. Anfänglich war Gott Baro zufrieden mit dieser Paddelei; denn als er noch hoch droben in der Luft gewohnt hatte, waren Vögel seine einzige Speise gewesen, und die schmeckten ihm schon lange nicht mehr. Jetzt aber konnte er fette, schmackhafte Fische verzehren. Doch den Teufel langweilte das Fischefangen. Und Gott Baro wurde gewahr, daß bereits am neunten Tag der Teufel selber heimlich die gefangenen Fische aß.

Am anderen Morgen sagte der Teufel:

»Brüderchen, liebes. Es lebt sich nicht gut nur zu zweien. Soweit das Auge reicht, nirgends sonst eine lebendige Seele. Ich würde gern noch jemand erschaffen...«

»Tu's doch, wenn du's möchtest«, entgegnete Gott Baro.

»Hm, ich kann nicht...«, sagte der Teufel. »Ich hab' schon mal eine große Welt erschaffen wollen, doch ich bin damit nicht zurechtgekommen – es ist nichts draus geworden...«

»Schon gut«, sagte Gott Baro. »Ich erschaffe die Welt, nur fall mir nicht länger lästig! Du kannst gleich ins große Wasser springen und Sand vom Grund heraufbringen; aus Sand will ich nämlich die Erde erschaffen.«

»Wie kann man aus bloßem Sand die ERDE machen?« kreischte der Teufel.

»Ganz einfach«, entgegnete Gott Baro. »Ich spreche einen göttlichen Namen aus und – fertig! Geh und hol den Sand!«

Der Teufel sprang ins Wasser und tauchte in die Tiefe hinab. Dabei ging ihm durch den Kopf, daß es besser wäre, wenn er selbst, allein, ohne fremde Hilfe, die Welt erschüfe. Also förderte er einen ziemlich großen Haufen Sand zutage und sprach darüber seinen Teufelsnamen – das ist der Name Bäng – aus.

Der weiße Sand färbte sich golden, dann rötlich, schließlich explodierte er in einer großen Rauchwolke, verbrannte und verrußte dem Teufel das Gesicht. Und die Welt war so wenig da wie zuvor. Der Teufel warf den heißen Sand ins Wasser zurück, daß es zischte und Dampfwolken aufstiegen.

Mit leeren Händen kehrte er zu Gott Baro zurück und sprach:

»Ich hab' keinen Sand auf dem Grund gefunden.«

Darauf Gott Baro:

»Geh, sag' ich dir, und bring den Sand, wie du versprochen hast.«

Neun Tage lang sprang der Teufel ins große Wasser, holte Sand vom Grund, tauchte so weit wie nur möglich von Gott Baro entfernt aus dem Wasser und sprach den Namen Bäng aus – und der Sand verbrühte und verrußte so, daß man ihn schleunigst wieder zurück ins Wasser werfen mußte. Das machte soviel Dampf, daß dichter Nebel über dem großen Wasser aufstieg.

So heiß war der Sand, so sehr brannte er, daß nach neun Tagen der Teufel völlig schwarz war.

Als er am neunten Tag wieder mit leeren Händen kam, sagte Gott Baro:

»Du bist ganz schwarz. Und die Seele in dir ist ebenfalls schwarz. Ein schlechter Freund bist du. Verschwinde und bring auf der Stelle den Sand. Aber sprich deinen Namen nicht mehr aus, sonst gehst du in Flammen auf und wirst zu Asche.«

Noch einmal ging der Teufel nach Sand, und diesmal brachte er ihn Gott Baro.

Gott Baro aber machte die Erde, und der Teufel rief erfreut aus:

»Hier, unter dem großen Baum, ist meine Wohnung, und du, Brüderchen, suchst dir anderswo einen Platz.«

Da wurde Gott Baro furchtbar wütend, und er schrie:

»Und so etwas nennt sich Freund? Wir sind geschiedene Leute. Hinweg mit dir! Deine Kinder und Enkelkinder – Teufel, Teufelinnen und Teufelchen – sollen auf ewig so schwarz sein wie du jetzt!«

In diesem Augenblick erschien ein großer schwarzer Stier, nahm den Teufel auf den Rücken und stürzte zusammen mit ihm zu Füßen des Riesenbaums unter die Erde. Der Riesenbaum aber war ein göttlicher Baum.

Und Gott Baro machte einen Zauber, und aus den Zweigen krochen Tiere und Menschen die Fülle aus, und alle sprangen sie der Reihe nach auf die neue Erde herab, die noch feucht war und ohne Gras und Kräuter.

So schuf Gott Baro die Erde, die Tiere, die über sie hinweglaufen, und die Menschen.

Er selber aber nahm für immer im Himmel Wohnung; denn in den Tiefen der Erde hatte sich der Teufel häuslich niedergelassen, und den wollte Gott Baro nicht zum Nachbarn haben.

Woher die Menschen
mit den hellen Haaren kamen

Vor vielen, vielen Jahren, es war in einem Herbst, gelangte der Zigeunerstamm der Kukuja an den Fuß eines hohen Berges und schlug sein Lager auf, um dort zu überwintern. Es war ein guter Platz; denn der Berg schützte vor den eisigen Nordwinden.

Der Herbst indessen war heiter und sonnig. Die Zigeuner sangen und tanzten den ganzen Tag; sie dachten nicht an den Winter und waren fröhlich.

Eines Tages sangen und tanzten sie vor ihren Zelten wie gewöhnlich, und die Sonne schien wie gewöhnlich, und die Vögel zwitscherten. Als plötzlich die Welt ringsumher verblaßte, sich traurig verdüsterte, der Himmel sich im Augenblick mit Wolken überzog. Das Lied verstummte, die Tänzer stampften noch, als bemerkten sie die Wolken und den Wind nicht, der die Leinwand ihrer Zelte knattern ließ.

Bald darauf setzte dichtes Schneetreiben ein, weißte das Gras und die Haare der Tänzer. Vom Wind und vom Schnee, der von allen Seiten auf sie eindrang, gepeitscht, hasteten die Zigeuner durch die Schneewehen, um in ihren Zelten Schutz zu suchen.

Doch auf einmal standen sie wie angewurzelt: Vor dem Zelt ihres Oberhauptes erblickten sie ein Mädchen von ungewöhnlicher Schönheit. Sein Gesicht, seine Hände waren schneeweiß, sein Haar erstrahlte wie Gold im Sonnenglanz. Seine Augen aber waren blau wie der Himmel im frühen Frühling.

Die Zigeuner scharten sich um die schöne Gestalt und bestaunten sie mit weitgeöffneten schwarzen Augen, sprachlos vor Furcht und Staunen. Das Mädchen aber sagte ganz leise, mit flüsterndem Stimmchen:

»Ich bin König Nebels Tochter. Ich wohne weit von hier, im Land ewigen Schnees. Zu mir ist die Kunde gelangt, daß die Menschen lieben können und die Liebe ihnen manchmal Glück beschert, manchmal Schmerz. Ich weiß nicht, was das bedeutet: Glück; ich weiß auch nicht, was Schmerz heißt, was Liebe. Ich möchte gern die Wärme der Liebe spüren; denn mein Innerstes ist ganz erstarrt vom Frost, und mein Herz ist vereist. Wer von euch sagt mir, was Liebe ist?«

Aus der Schar trat ein schöner Jüngling namens Korkoro hervor, eilte zu der Goldhaarigen und rief:

»Ich liebe dich seit dem ersten Augenblick, da du vor uns erschienen bist; liebte dich, bevor du noch ein Wort gesprochen! Was mein Herz fühlt, ist Liebe. Sie wird dein Herz erwärmen, und auch du wirst mich lieben.«

Und Korkoro faßte die Hand der Goldhaarigen, ließ sie jedoch gleich wieder los; denn die Hand war kalt wie Schnee! Da küßte er die Goldhaarige, aber ihr Gesicht war wie Eis. Doch Korkoro achtete dessen nicht, sondern führte das Mädchen in sein Zelt, und tags darauf vermählte er sich mit der Herrscherin des Schnees.

Nach geraumer Zeit bemerkten die Zigeuner voller Staunen, daß sich die Goldhaarige bis zur Unkenntlichkeit verändert hatte. Ihr Gesicht war nicht mehr so weiß wie ehedem, sondern rosig wie die Nebelschleier des Sonnenaufgangs; ihre Haare leuchteten nicht mehr wie Gold, sondern waren den gelblichen Flachshalmen ähnlich geworden.

Sie war schöner als je zuvor, weil sie nun wußte, was Liebe war.

So vergingen zwanzig Jahre – in Glück und Freude. Hellhaar hatte bereits zwanzig Kinder, alle ihr wie aus dem Gesicht geschnitten, die Liebe aber zwischen ihr und ihrem Mann wuchs ständig, wurde mit jedem Jahr tiefer und stärker. Doch König Nebel zürnte seit langem schon, weil seine Tochter nicht heimkehren wollte, und er beschloß, sie auf ewig von dem Zigeuner zu trennen.

Eines Tages, als sich der Mann der Hellhaarigen auf eine weite Reise begab, um ein paar Pferde zu kaufen, warf König Nebel einen so großen, dichten Nebelschleier über die Welt, daß ein Mensch darunter seine eigene Nase nicht mehr wahrnehmen konnte.

Der Zigeuner verirrte sich in der unwegsamen Gegend, und der tückische Nebel führte ihn weiter und immer weiter vom Stammessitz der Kukuja fort, bis er ihn ans andere Ende der Welt geführt hatte, von wo es kein Zurück mehr gab. Ob er wollte oder nicht – der Zigeuner mußte bleiben, wo er war. Hellhaar, noch immer jung und so schön wie vor zwanzig Jahren, wartete lange auf die Rückkehr ihres Mannes. Endlich – es herrschte dichter Nebel – kam aus seiner fernen Welt der Vater zu ihr und berichtete, was mit Korkoro geschehen war. Und er befahl seiner Tochter heimzukehren.

Hellhaar weinte bitterlich, und weinend sprach sie zu den Zigeunern:

»Mein Vater ruft mich zu sich, darum muß ich euch verlassen. Nehmt euch meiner Kinder an, zieht sie auf und liebt sie so, wie ich euch geliebt habe...«

Die arme Hellhaarige konnte nicht weitersprechen, die Trauer schnürte ihr die Kehle zu, und ihre Augen füllten sich erneut mit Tränen.

Erst waren ihre Tränen heiß, dann lauwarm, darauf kühl, schließlich kalt, und am Ende rieselten Hagelkörnchen aus dem Auge der Königstochter. Ihre rosigen Wangen wurden bleich, immer bleicher, bis sie endlich weiß waren wie Schnee. Ihre flachsblonden Haare, die im Winde tanzten, wurden steif und schwer und begannen, zu funkeln wie Gold.

Da nahte eine dichte Nebelwolke und hüllte die Hellhaarige ein. Noch lange sahen die Zigeuner, den Blick angestrengt, der Nebelwolke nach, wie sie davonschwebte, hoch über die Berggipfel hinweg, bis sie in der Ferne verschwunden war.

Ihre Kinder aber heirateten nach Jahren und wurden geheiratet, bekamen Kinder, Enkel- und Urenkelkinder.

So kamen die Menschen mit den hellen Haaren in die Welt, mehrten und vermehrten sich.

Neun Raben
und ein Zigeuner

Hoch in den Bergen lebte einst ein alter Zigeuner mit seinem Sohn – seinem einzigen. Beide waren sie arme Schlucker und hatten nur selten satt zu essen.

Eines Tages ging der alte Zigeuner in den Wald nach Brennholz, und der junge blieb zu Hause, hockte sich auf die Schwelle der Hütte und weinte vor Hunger bittere Tränen. Da sah er auf einmal neun Raben hoch oben, dicht unter den Wolken, dahinsegeln. Acht Raben senkten sich herab und ließen sich auf dem Dach der Zigeunerhütte nieder, der neunte aber flatterte geradewegs auf die Schulter des jungen Burschen und sagte:

»Wein nicht, armes Söhnchen! Komm heute um Mitternacht zur großen Pappel oben am Bach, dort findest du Essen und Trinken.«

Er krächzte diese Worte heraus und flog dann sogleich mit seinen acht Gefährten davon. Als es zu dunkeln begann, stieg der junge Zigeuner zur Pappel hinauf, legte sich neben ihren Stamm ins Gras und schlummerte ein.

Kurz vor Mitternacht wachte er auf und sah ein Mädchen mit goldenen Haaren unter dem Baum stehen. Ein schöneres Mädchen gab es bestimmt nicht im ganzen Land. Es küßte den jungen Burschen und sagte:

»Warte ein Weilchen, gleich kommen meine Brüder und bringen dir Speise und Trank.«

Das Mädchen klatschte dreimal in die Hände, und gleich darauf flogen die acht Raben herbei, mit Kesselchen und kleinen Krügen voll der verschiedensten Speisen und Weine. Der Zigeuner aß sich satt, wischte sich den Mund mit einem Pappelblatt und küßte das Mädchen, herzlich dankbar für ihre Bewirtung.

Die Nacht ging zu Ende, ein bleicher Schimmer zeigte sich am Horizont. Das Mädchen sagte zum Abschied:

»Komm wieder hierher um Mitternacht, unter diese große Pappel!«

Danach verwandelte es sich in einen Raben und flog mit seinen acht Rabenbrüdern lauthals krächzend davon.

Der Zigeuner nahm einen Krug, in dem noch ziemlich viel Wein war, sammelte die restlichen Speisen in seine Tasche und brachte sie seinem alten Vater. Ihm erzählte er genau, was sich ereignet hatte.

Froh und mit großem Appetit verzehrte der alte Zigeuner das schmackhafte Fleisch und trank den starken Wein dazu.

Das war ein fröhlicher Tag für die beiden – für den Vater wie für den Sohn! Und als es Abend wurde, wanderte der junge Zigeuner erneut denselben Weg bis zur großen Pappel und kehrte am Morgen ebenso wie am Tag zuvor mit einem Beutel voll Essen und einem Krug Wein für den Vater zurück.

Ein solches Leben gefiel dem Alten außerordentlich. Er hörte auf zu arbeiten, sammelte kein Reisig zum Verkauf mehr, verdiente er doch gut, indem er den Bauern im nächsten Dorf Fleisch und Wein verkaufte, die er selbst niemals aufessen und auftrinken konnte. Alle Tage erhielt er von den Bauern für das verkaufte Essen eine Handvoll Münzen. Alle Tage ging er mit diesem Geld in die Schenke und vertrank es bis zum letzten Groschen. Darauf kehrte er zu seiner Hütte in den Bergen zurück und fand dort erneut frische Speise und Trank vor, die sein Sohn eben von der großen Pappel hergeholt hatte. Der alte Zigeuner machte sich also ans Essen, und alles, was übrigblieb, trug er wiederum ins Dorf, um es den Bauern zu verkaufen und den ganzen Verdienst in der Schenke zu vertrinken. Was er aber nicht vertrank, das verlor er beim Kartenspiel.

So vergingen die Tage, einer um den andern.

Doch inzwischen war der Schankwirt neugierig geworden, woher wohl der Alte das Essen zum Verkauf nahm. Es war ein außerordentlich neugieriger Schankwirt, der folglich beschloß, den Zigeuner zu beobachten.

Eines Tages stahl er sich klammheimlich aus der Schenke und hörte den jungen Zigeuner seinem Vater vom goldhaarigen Mädchen, der großen Pappel und den köstlichen Speisen erzählen.

Abends schlich der Schankwirt still und leise dem jungen Zigeuner nach und versteckte sich hinter dem Stamm der großen Pappel. Um Mitternacht erschien ein überaus reizendes Mädchen, und Raben brachten Kesselchen mit Essen und kleine Krüge mit Wein. Als sich das Mädchen zu dem Zigeunerburschen gesetzt hatte, schlich auf leisen Sohlen der Schankwirt heran und schnitt ihm seinen langen Goldzopf ab. In demselben Augenblick verwandelte sich das Mädchen in einen Raben und flog krächzend mit den anderen Raben davon.

Den Zigeunerburschen packte eine so maßlose Wut, daß er den Frechling beim Bart packte, ihn hochzog, in der Luft wie ein Mühlrad kreisen ließ – und zwar derart schnell, daß der Schankwirt, als der Zigeuner ihn endlich losließ, mit einem fürchterlichen Getöse in alle Himmelsrichtungen gleichzeitig davonflog. Danach wischte sich der Zigeuner den Schweiß von der Stirn, hob den abgeschnittenen Goldzopf vom Boden auf und steckte ihn in die Tasche.

Am nächsten Abend erschien er erneut bei der Pappel, doch vergebens wartete er bis zum Morgengrauen. Das Mädchen blieb verschwunden – und mit ihr die Raben.

Wochenlang ging der Zigeunerbursche Nacht für Nacht zur Pappel und wartete auf das Mädchen und die Raben, doch vergeblich war all sein Warten. Der Arme weinte bittere Tränen und weinte so alle Tage – nicht vor Hunger, obschon er sehr hungrig war, sondern vor Sehnsucht.

Schließlich verließ er den Vater, der sich wieder an die Arbeit machen mußte. In die Welt zu ziehen hatte er beschlossen und nicht eher zurückzukehren, als bis er die Raben und das goldhaarige Mädchen wiederfand.

Noch einmal stieg er zur Pappel auf, um Abschied zu nehmen von dem Ort, wo er einst glücklich gewesen war. Und da erblickte er eine Höhle am Fuß der Pappel, die zuvor dort nicht gewesen war.

Die Höhle war so groß, daß er mit Leichtigkeit in ihr Platz fand. Neugierig geworden, stieg er hinein und drang immer tiefer in die Erde vor, bis er auf eine goldene Tür stieß. Er drückte die Klinke herunter, und die Tür öffnete sich: In einem kleinen goldenen Zimmerchen saß auf einem ebenfalls goldenen Stuhl ein Greis und fütterte eine winzige Schlange. Beim Anblick des Zigeuners sagte er:

»Ich weiß, warum du hier bist. Du suchst die neun Raben. Diese Raben sind meine Kinder – acht Söhne und eine Tochter. Ich bin vor vielen Jahren ein mächtiger König gewesen. Nach dem Tod meiner Frau, der Königin, wollte mich eine Urma freien und Königin werden. Doch ich war damit nicht einverstanden, und die Urma rächte sich an mir und meinen Kindern. Mein blühendes Königreich, mein fruchtbares Land verwandelte sie in diese bergige Einöde und ließ die Menschen zu Raben werden, meinen herrlichen goldenen Palast jedoch zu diesem unterirdischen Stübchen hier verkümmern. Jetzt hat sie mir auch noch meine Kinder geraubt und sie in ihrer Stadt, die vom Feuerstrom eingeschlossen ist, gefangengesetzt. Auch meine goldhaarige Tochter, die ihr hatte entkommen können, hat sie jetzt eingeholt, indem sie die Gestalt des Schankwirts annahm und sie für immer in einen Raben verwandelte. Ich weiß, daß du den bösen Zauber von meinem Land und meinen Kindern nehmen wolltest, darum habe ich dich hierhergeführt. Ich gebe dir diese Schlange, die einst mein Diener gewesen ist. Er war mein treuester Diener, und darum hat ihn die rachsüchtige Urma in eine Schlange verwandelt, die auf der Erde kriechen muß und meine Rabenkinder auf ihren luftigen Wanderungen nicht begleiten kann. Mein Diener wird dich zur bösen Urma und zu meinen in Raben verwandelten Kindern bringen. Aber dann wirst du dir allein helfen müssen.«

Der Zigeuner nahm das goldene Schlänglein, küßte dem Greis die Hand und ging. Dann wanderte er immer der Nase nach, ohne sich auch nur einmal zu verirren; denn die ganze Zeit über zeigte ihm die Schlange mit ihrem goldenen Köpfchen wie mit einem Finger den Weg. Als sie am Fuß eines hohen Berges angelangt war, sagte die Schlange zu ihm:

»Setz mich jetzt auf die Erde, mein Lieber, und folge mir dorthin, wohin ich kriechen werde.«

Neun Tage und neun Nächte kroch die Schlange auf den hohen Berg hinauf, höher und immer höher, ohne auch nur einen Moment innezuhalten – ihr nach der zu Tode erschöpfte Zigeuner.

Als sie sich endlich oben auf der Bergspitze befanden, sagte die Schlange:

»Hier müssen wir uns auf die Lauer legen und ausharren, bis die Raben zur Urma zurückkehren.«

Sie brauchten jedoch nicht lange zu warten; denn kaum hatten sie eine Stunde auf dem Berggipfel verbracht, als die neun Raben dort landeten.

Als sie den Zigeuner erspähten, flatterte der kleinste Rabe zu ihm hin und krächzte:

»Du hast meinen goldenen Zopf! Gib gut acht, daß ihn dir keiner stiehlt. Zupf mir eine Feder aus meinem Flügel, und wenn du an den Feuerstrom kommst, steck die Schlange in den Beutel, in dem mein Goldzopf ist, und mit meiner Feder wedle neunmal um dich her in der Luft herum – dann wirst du den Feuerstrom überfliegen können.«

Der Zigeuner lauschte aufmerksam dem Rat des Raben, zupfte eine Feder aus seinem Flügel und wanderte mit der Schlange den Weg weiter, der jetzt auf der anderen Seite des hohen Berges wieder hinabführte. Laut krächzend flogen die Raben davon.

Im Tal erblickte der Zigeuner einen mit wunderschönen Früchten vollbehangenen Apfelbaum, und er sagte zu der Schlange:

»Ich muß unbedingt einen Apfel essen! Der wird mich stärken, ich bin schon halb tot vor Hunger!«

Und er pflückte sich einen schönen Apfel, verspeiste ihn mit Appetit, ja mit Heißhunger, und warf nicht einmal den Griepsch weg.

Kaum hatte er den Apfel verzehrt, als er auch schon in einen tiefen Schlaf fiel. Unterdessen kroch eine Kröte aus dem hohen Gras hervor, näherte sich gemächlich dem Schlummernden und kroch dann in den Beutel hinein, der den goldenen Zopf barg. Aber dort war ja auch die goldene Schlange! Sie umschlang mit ihrem Leib die Kröte und drückte so fest zu, daß diese aus vollem Halse quietschte. Von dem Lärm erwachte der Zigeuner, packte rasch den Beutel und zog die Kröte heraus. Schon wollte er sie einfach wegwerfen; denn er bemerkte die goldene Schlange nicht, die den Krötenleib umwand, doch da rief die Schlange:

»Nimm rasch die Feder und flieg mit uns weiter. Erst wenn wir beim Feuerstrom sind, wirf die Kröte fort!«

Der Zigeuner schwenkte neunmal die Feder und erhob sich wie ein Vogel in die Lüfte. Bald darauf waren sie am Feuerstrom, und der Zigeuner warf die böse Kröte aus der Höhe herab – direkt in die Flammen.

Doch was ist das? Der Himmel birst, es erzittert die Erde, und der Zigeuner versinkt, wie vom Blitz getroffen, in einen todesähnlichen Schlaf!

Als er endlich aus diesem Schlaf erwachte, lag er in einem prächtigen Gemach auf seidenem Bettuch, und vor ihm stand lächelnd das goldhaarige Mädchen.

»Was ist geschehen?« fragte erstaunt der Zigeuner.

Das Mädchen antwortete:

»Ich danke dir, daß du uns entzaubert und befreit hast! Die Urma hatte sich in die Kröte verwandelt, um mir meinen goldenen Zopf zu stehlen. Sie wußte wohl, daß ich ohne diesen Zopf niemals mehr in meine Mädchengestalt zurückkehren konnte und für immer ein Rabe bleiben mußte. Zum Glück ist die Urma in den Flammen des Feuerstroms umgekommen! Damit war der böse Spuk vorüber. Nur ich konnte den Zauber nicht abwerfen, weil mein Zopf in deiner Tasche war. Erst der gute Diener, die goldene Schlange, gab mir den Zopf zurück, und da bin auch ich in meine Menschengestalt zurückgekehrt.«

Nach diesen Worten trat der alte König in Begleitung seiner acht Söhne, des alten Zigeuners und seines guten Dieners, der noch vor kurzem eine goldene Schlange gewesen war, ins Gemach.

Alle freuten sich sehr, und der junge Zigeuner freite die Goldhaarige.

Ich würde Euch gern mehr von ihnen erzählen, aber ich bin ich großer Eile. Ich habe heute eine verzauberte

Rabenfeder gefunden. Die werde ich in der Luft herumschwenken und in warme Länder davonfliegen; denn die Nächte sind bereits kalt. Im Frühling komme ich wieder, und dann erzähle ich Euch die Geschichte zu Ende.

Inhalt

Ein Märchen vor den Märchen
7

Vom Wundervogel
19

Eine weiße Hirschkuh
26

Vom Zigeuner und der roten Schlange
33

Die weiße Flamme
37

Wie ein Zigeuner den Teufel überlistete
43

Der verzauberte Kasten
48

Die Kröte und die arme Witwe
58

Die Quelle der Weisheit
64

Goldene Schafe
73

Vom Fischer, der Urma und dem Vogel Tscharana
78

Andrusch und Keschalia
86

Von der Rose und dem armen Spielmann
93

Vom Teufel und den sieben Brüdern
99

Die Erschaffung der Welt
109

Woher die Menschen mit den hellen Haaren kamen
114

Neun Raben und ein Zigeuner
118